KB107013

나를 찾아가는 여행

나를 찾아가는 여행

1판 1쇄 인쇄 | 2022년 4월 15일
1판 1쇄 발행 | 2022년 4월 25일

지은이 | 최석원 Glen Choi
옮긴이 | 김보니

펴낸이 | 이미현
펴낸곳 | 사유수출판사
만든이 | 박숙경, 유진희, 권영화

서울시 마포구 동교로 19길 86 제네시스 503
대표전화 | 02-336-8910
E-mail / ikmi406@hanmail.net

등록 | 2007년 3월 4일

청춘의 방황 그리고 마침내 찾아온 선물 같은 평화

나를 찾아가는 여행

최석원 Glen Choi

산수

　'젊어서 고생은 사서도 한다.' 동국대학교 선학과 대학원 시절 불교학과 교수 해주스님이 일러주었던 이 말씀을 지금도 또렷이 기억한다. 한국에서는 아이들도 다 아는 속담이라는 걸 나중에야 알았다. 당시엔 스님이 이십 대 초반의 나에게 날개를 힘차게 쭉쭉 펼치라고 허락한 것 같이 들려서 매우 기뻤다.

　현재 내 나이 50세. 캐나다의 한 대학에서 강의를 하며 젊은 이들과 어울리는 삶을 살고 있다. 이제 중년이 되어서 지나온 인생을 돌아보니 그 말의 진정한 의미를 조금은 알 것 같다.

　나는 캐나다에서 태어나고 자란 한인 2세 교포이다. 어릴 때부터 친구들과 다른 얼굴 모양과 피부색, 유교적인 가풍, 음식문화의 차이 때문에 당혹스런 일을 겪으며 소외감도 갖게 되었다. 그래서 고등학교를 졸업하면서 나의 뿌리를 찾는 첫걸음으로 한국말과 한국문화를 배우기 위해 1991년도에 한국으로 유학을 갔다. 그러나 한국에 와서도 상황은 별반 달라지지 않았다. 한국말도 서툴고 글은 거의 쓰지 못했으며 문화의 차이 때문에 이상한 시선을 받기도 했다. 그때 나는 완전히 얼치기였다.

　캐나다인도 아니고 그렇다고 한국인도 아닌 나의 불완전한 정체성. 이것도 저것도 아니던 나. 이러한 불확실성은 내가 꿈꾸고 도전한 전공과 직업에 있어서도 유사한 패턴을 보였다. 서울대학교에서 영문학 학사를 취득한 다음 동국대학교 대학원 선학과(禪學科)로 학교와 전공을 바꾸어 진학했다. 그러다가 국악, 그 중에서도 판소리의 매력에 빠져 도전했으나 실력의 한계에 부딪혀 언론사로 방향을 바꾸었다. 'The Korea Herald' 신문사와 몇 군데 언론사에서 일을 하다보니 어느듯 한국에서 총 12년을 살게 되었다. 나의 20대 청춘을 한국에서 전부 보낸 것이다. 그러다가 가족에 대한 애틋함과 나를 키워준 캐나다의 자연이 그리워 결국 캐나다로 다시 돌아왔고 지금은 대학에서 학생들을 지도하면서 오랜 방황의 닻을 내렸다.

아픔도 많았다. 하나의 목표를 향해 꾸준히 밀고 나가지 못하고 대문의 안과 밖 경계선에 어정쩡하게 서 있었던 나. 이런 방황은 매순간 엄청난 불안감과 좌절감을 불러왔다. 그런 중에 한 줄기 빛이 있었으니 바로 부처님 법과 대행스님의 가르침이었다. 어머니를 통해 한마음선원과 인연이 되었고 어려울 때마다 스님의 말씀을 가슴에 새기고 살아 왔다. 인생에서 부딪히는 다양한 경계들은 반드

시 그 숨은 뜻이 있으며 견딜 만한 것이라는 가르침이었다. 돌아보면, 어릴 때부터 핸디캡으로 작용했던 모호한 정체성과 힘든 상황이 결국엔 나를 성장시켜주었다. 여리고 유약한 천성은 훨씬 다이내믹하고 유연성 있는 성격으로 변했다. 〈법화경〉의 이야기처럼 내 안의 보배를 찾은 것이다.

부족한 글이지만 나의 지난 이야기가 앞으로 어떤 인생을 살아야 할지 고민하는 후배들에게 조금이라도 도움이 되었으면 하는 마음으로 책을 펴냈다.

이번에 한국어판으로 출간되는 〈나를 찾아가는 여행〉은 지난 2018년 캐나다에서 영문판으로 먼저 출판되었다. 이 책은 그 해 미국의 저명한 출판상 중 하나인 American Book Fest Best Book Awards '동양종교' 부문에 올라온 쟁쟁한 후보들 가운데 2등으로 입상권에 드는 뜻밖의 성과를 거두었다.

이번에 모국에서 한국어판으로 책이 나오게 된 데에는 많은 분들의 도움이 있었다.

멀리 한국에서 관심과 격려를 보내주신 (재)한마음선원 이

사장 혜수스님, 주지 혜솔스님, 토론토 지원장 청각스님과 이 책의
출간에 노력을 기울여주신 청동스님께 감사의 삼배를 올린다.

한국어판 출판에 힘을 다해주시고 한국의 정서에 맞게 글을
꼼꼼히 다듬어 주신 사유수출판사 이미현 대표님과 직원 분들께
깊은 감사의 말씀을 드린다. 또, 탁월한 번역 실력으로 나의 글을
돋보이게 해준 김보니 작가님과 소탈하고 친근한 그림으로 책의
지루함을 달래준 강병호 작가님, 이 모든 분들께 나는 거듭 감사의
인사를 드린다.

마지막으로, 나는 기억 저 편으로 숨어버린 어린 시절의 일들
을 되살리기 위해 부모님께 많은 질문을 하였다. 어떤 때는 늦은 밤
까지 이어지기도 했는데 그럴 때마다 인내심을 가지고 따뜻하게 말
씀해주신 아버지와 어머니, 진심으로 감사드리고 존경합니다.

2022년 봄 캐나다 토론토에서
최석원 Glen Choi

차례

첫번째 이야기

나는
누구인가

하키와 버거쉑을 사랑한 아이, 한국에 대한 꿈을 꾸다

입영
통지서

일본인은 신토(일본 토속신앙)로 태어나서 불교도로 죽는다는 말이 있다. 그런데 나는 캐나다인으로 태어나서 한국 사람으로 죽게 될 터였다. 내가 오른손에 쥐고 있는 한국어로 쓰인 서류가 그렇게 말하고 있었다.

다시 한 번 서류를 읽었다. 그렇다, 내 손에는 한국 병무청에서 보낸 통지서가 들려 있었다. 나는 지금 서울에 살고 있지만 한국 사람으로서가 아니었다. 나는 토론토에서 태어나고 자란 캐나다 시민으로서 한국으로 유학 온 것이다. 내가 가지고 있는 캐나다 여권이 그 증거였다.

하지만 통지서는 그와 반대로 말하고 있다. 나는 적정 연령에 이른 남성으로서 한국 법에 따라 26개월 간 병역의 의무를 이행해야 한다는 것이다. 통지서를 받은 날로부터 30일 이내에 군에 지원해야 하며, 타당한 이유 없이 지원을 거부하면 3년의 금고형을 받을 수 있다고 쓰여 있었다.

사실 오래전부터 나는 군 복무를 마친 한국 친구들로부터 두려운 이야기들을 들었다. 그들은 한국 군대가 지구상에 존재하는 엄청난 지옥이라고 말하곤 했다. 특히, 상사에게 한번 안 좋게 보이면 무지하게 얻어맞고 따돌림을 당한다는 등 어떤 사람은 그것을 못 견디고 자살하기도 한다고 했다. 반대로 군 생활을 마치고 나오면 진정한 남자가 된다고 말하는 이도 있었지만 말이다.

저녁이 되기를 기다려 캐나다에 계신 엄마에게 전화를 걸었다. 토론토는 그 시간이 아침이었다. 엄마가 식사 도중에 불안해할 것을 염려하여 조심스럽게 한국말로 소식을 전했다.

"엄마, 어쩌면 나 군대에 갈 수도 있어요!"

"뭐라고?"

놀란 엄마는 음식이 목에 걸릴 뻔 했다.

"무슨 소리를 하는 거야?"

"엄마는 제가 한국 국적이라는 것을 알고 있었어요?"

"그럴 리가 없는데?"

"저도 몰랐어요. 오늘 병무청에서 입영통지를 받은 것으로 봐서는 제가 한국 국적으로 되어 있는 것 같아요."

엄마는 목소리를 낮추고 아버지와 이야기를 나누더니 이렇게 말씀했다.

"아마 호적에 네 이름이 있기 때문인 것 같구나."

호적이란 비자를 연장할 때마다 제출했던 서류 중 하나였다. 나는 그 서류에 한 번도 의문을 가져본 일이 없었다. 부모님 집안에서 내려오는 진기한 기념품 정도로 생각했기 때문이다.

"할아버지께서 한국에서 너의 출생신고를 하셨거든. 네가 태어났을 당시 할아버지는 캐나다로 오시기 전이라 한국에 계셨지."

"그러면 호적이란 한국 국적을 말하는 거네요."

"그럴 거야."

지금까지 29년을 살았지만 나에게 두 개의 국적이 있었다는 사실을 그제야 알았다. 빠른 시일 내에 병무청에 연락하여 문제를 해결하겠다며 엄마를 안심시키고 전화를 끊었지만 사실 내 마음은 걱정으로 가득 차 있었다. 대한민국의 전통적인 군인 사회가 떠올랐다. 그곳에는 전투복 차림의 군인들이 단조로운 톤으로 소리를 지르며 훈련을 하고 있다. 나에게는 익숙치 않은 한국말이었지만 그들에게는 한국어가 모국어이다. 대학원에서 불교를 공부하는 친구들과는 편하게 이야기 할 수 있었지만, 그런 상황에서 재빨리 적절한 단어를 꺼낼 만큼 나의 한국어가 능숙한 것은 아니었다.

딩동댕, 지하철 문이 열리자 나는 열차 안으로 들어가 앞에 있는 기둥에 몸을 기대었다. 주머니에서 작은 지하철 노선도를 꺼내서 확인했다. 그렇다, 1호선 대방역에서 내려서 걸으면 병무청에 갈수 있다.

지하철이 덜컹거릴 때마다 내 몸도 이쪽저쪽으로 흔들렸다. 이번 주에 있을 대학원 세미나에서 발표하기 위해 한국어로 번역하고 있는 불교경전을 잠시 떠올렸다. 그러다 마음에 현실의 파도가 밀려들었다. 내가 입영열차를 타고 있는 장면, 말로만 듣던 그 지옥이 현실이 될 수도 있는 가능성, 나의 운명이 앞으로 한 시간 안에 결정되는 것이다.

병무청 건물에 도착해 나의 기록(그리고 나의 인생)을 담당하는 직원을 만났다. 그는 머리를 단정하게 빗어 넘긴 중년 남성으로 흰색 옥스퍼드 셔츠 주머니에는 펜이 꽂혀 있었다. 우리는 인사를 하고 악수를 나눈 뒤 사무실로 갔다. 사무실에 들어서자 칸막이 없는 책상에 앉은 사람들이 타자를 치고 있는 모습이 보였다. 담당 직원

은 자리에 앉아 종이가 가득 쌓여 있는 책상 맨 위에서 누런 파일 하나를 집어 들더니 뒤로 기대 앉으며 말했다.

"그래, 자네가 병역 면제 때문에 전화한 거 맞지?"

"네 맞습니다. 저는 캐나다 시민이고 이곳에는 학생비자로 체류하고 있습니다."

그는 몸을 앞으로 내밀고 파일을 확 펼쳤다.

"그건 상관없는 얘기고. 여기 호적에 자네 이름이 있지 않는가. 자네가 한국 국민이란 거지."

직원의 무뚝뚝한 말은 나에게 참으로 융통성 없는 얘기로 들렸다.

"저는 몰랐습니다. 저는 캐나다에서 태어났고, 출생신고는 한국에 살던 할아버지께서 하신 겁니다."

담당 직원은 내 파일을 계속 쳐다보다가 입을 열었다.

"자네는 지금 대학원생이로군."

"그렇습니다."

"입대를 거부하면 자네는 바로 우리나라에서 추방을 당하게 되네. 그렇게 되면 공부도 마칠 수 없게 되겠지."

나는 여차하면 캐나다 여권을 압수당하고 출국금지를 당할 수도 있다고 생각했기 때문에 그의 말은 오히려 나를 안심시켰다. 그가 계속해서 말했다.

"그런데 왜 입대를 원하지 않는 거요? 자네도 한국 사람이 아닌가?"

　나는 그가 다음에 무슨 말을 할지 알고 있었다. 전에도 이와 비슷한 말을 들어본 일이 있었기 때문이다. 그는, 한국인의 피는 내가 마시고 자란 캐나다의 물보다 진하다고 말할 것이다. 그 순간 내가 한국말을 할 줄 안다는 사실이 후회스러웠다. 더욱이 나의 외모는 전형적인 한국인의 생김새를 하고 있지 않은가. 만약 9년 전 한국에 처음 왔을 때처럼 아주 서툰 한국말로 말했다면 한국인의 피를 운운하지는 않았을 것이다. 분명한 것은 그러한 전략을 쓰기에는 이미 늦었다는 것이었다. 나는 다른 방법을 찾아야 했다. 그리고 재빨리 이렇게 말했다.

　"그 말은 맞습니다. 그런데 저는 캐나다에서 태어나고 자라고 공부했습니다. 군대에 가야 하는 상황이 온다면 저는 캐나다 군대를 위해 제 목숨을 바쳐야 할 입장입니다. 나로서는 그게 온당하다고 여겨집니다. 지금의 나는 온전히 캐나다에서 만들어졌습니다. 부모님도 거기에 살고 계시고 그 분들은 캐나다에 세금을 내고 있습니다. 한국에 뿌리를 둔 부모님과 달리 나에겐 캐나다가 고향이 되었습니다."

　나는 거침없이 직원에게 말하고 있는 자신에게 놀랐다. 이전에는 내가 이렇게 속마음을 설득력 있게 말할 수 있다는 사실을 몰랐기 때문이다. 내 말을 들은 담당 직원은 잠시 침묵했다.

　"그건 그렇겠군."

나의 항변에 약간은 공감이 된 듯 그의 얼굴에는 작은 미소가 번졌다. 그가 다른 직원과 이 일에 대해 이야기를 나누는 동안 나는 사무실을 나와 복도를 서성이면서 얼마간 기다렸다. 이윽고 사무실 문이 열렸다.

"들어오게."

그가 의자에 기대어 앉으며 말했다.

"자, 이렇게 하세. 자네는 우리나라를 떠날 필요가 없네. 하지만 한국에 체류하려면 호적에서 자네 이름을 지워야만 하네. 법무부에 가서 그 일을 처리하도록 하게."

잠시 후 병무청 건물을 나서는 발걸음이 깃털처럼 가벼웠다. 나는 건물 입구의 콘크리트 계단에 멈춰 서서 눈 앞에 펼쳐진 서울 거리를 바라보며 깊은 숨을 내쉬었다. 이제야 다시 온전한 내 삶으로 돌아온 것 같았다. 그래, 나는 다시 공부에 전념할 수 있어!

그러자 불현듯 지나온 어린 시절이 그리워졌다.

하키와 사랑에 빠진
아이

연장전. 시계가 5분 남았다고 가리켰다. 이리저리 얽힌 하키스틱이 자갈길 위에서 아래위로 튕기고 있는 테니스공을 쳤다. 스틱이 챙강거리는 소리가 창공에 메아리쳐 울리다가 이웃집에 부딪혀 되돌아왔다.

나는 그때 웨인 그레츠키(Wayne Gretzky)를 상상했다. 그는 유명한 캐나다 하키선수이다. 웨인은 하키에 피겨 스케이트를 절묘하게 접목하여 활용했다. 그는 퍽(아이스하키에 쓰는 공)이 어디로 갈지 예측하고 곧바로 피겨스케이트 동작인 피루에트 회전을 하여 퍽을 따라잡았다. '그래, 그레츠키처럼!' 나는 스스로에게 되뇌었다.

다시 길거리 하키 경기에 마음을 모았다. 나는 다른 선수들과 멀찌감치 떨어져 있었다. 벌어진 입은 바짝 말랐지만 눈만은 공을 쫓고 있었다. 갑자기 튕겨져 나온 공이 하키스틱에 붙었다. 나는 재빠르게 방향을 바꿔 두 걸음 뗀 후 비행했다. 수비수 한 명이 나

를 따라붙었다. 다음 순간 나는 왼쪽 어깨를 낮추고 오른쪽으로 피했다. 그리고 볼을 스틱에 붙인 채 백핸드(후위로 공을 컨트롤하는 것)로 수비수 주위를 돌았다.

옆쪽으로 골키퍼가 허술하게 스틱을 쥐고 있는 것이 보였다. 나의 본능은 그 순간을 놓치지 않으며 다음으로 무엇을 해야 하는지 잘 알고 있었다. 골키퍼는 무릎을 굽히고 앞으로 나오며 포크체크로 공을 밀어내고 있었다. 골키퍼의 오른 다리와 왼쪽 골대 사이에 발 하나 정도의 공간이 남아 있었다. 내가 가볍게 친 공이 포켓으로 굴러 들어가는 당구공처럼 그물망으로 미끄러져 들어갔다. 나는 그 자리에 멈추어 서서 오른손에 쥔 스틱을 높이 쳐들고 뒤쪽에 있는 우리 팀 선수들을 돌아보며 빙긋 웃었다.

집으로 가는 길에 시원한 봄바람이 내 옷깃을 부드럽게 어루만졌다. 땀이 식으면서 뒷목이 끈적끈적해지는 것을 느꼈다. 나는 오른손에서 위아래로 흔들리고 있는 웨인 그레츠키 스틱의 복제품인 티탄스틱을 슬쩍 내려다보았다. 나는 오른손잡이지만 이 스틱은 왼손잡이용이다. 지난 1년간 나는 집 바깥의 붉은 벽돌을 향해 몇 시간이고 왼손잡이용 하키스틱으로 테니스공을 날렸고 마침내 웨인 그레츠키처럼 왼손으로 하키를 할 수 있게 되었다.

나는 문을 열고 신발을 벗은 뒤 깡충깡충 뛰어서 카펫이 깔린 계단을 올라갔다. 오른쪽 부엌이 보이는 오픈스페이스 너머로 엄마가 음식을 준비하고 있는 것이 보였다.

"저녁식사 준비되었어! 손 씻고 와."

싱크대 물소리 너머로 엄마가 소리쳤다.

"오케이."

가까이 있는 괘종시계 옆으로 고개를 내미니 누나와 여동생이 소파에 앉아서 TV에서 방영되는 어린이 프로를 보고 있었다. 나는 내 방으로 돌아와 양말을 벗고 화장실에서 손과 얼굴을 씻었다. 얼굴을 씻으면서도 길거리 하키 경기의 흥분에서 좀처럼 벗어날 수 없었다. 돌아서고, 멈추고, 페이크로 속이는 장면들이 최면에 걸린 것처럼 반복해서 떠올랐다.

　나는 화장실에서 나와 카펫이 빙판인양 베이지색 카펫 위로 미끄러졌다. 카펫에서는 하키 연습하기가 좋았다. 나는 내가 웨인 그레츠키의 화신이라고 상상했다. 나는 북미 하키리그(미국, 캐나다 아이스하키 리그) 선수였다. 연약한 다윗이 덩치 큰 골리앗을 만나 고전하고 있는 셈이었다. 나는 몸을 굽히고 카펫 위를 쭉쭉 나갔다. 나의 미끄러지듯 부드러운 동작에 상대선수는 나를 쫓아올 수가 없었다. 상대방의 바디체크(아이스하키에서 공격수를 수비수가 몸으로 막아내는 것)에 상관하지 않고 재빨리 지나서 골을 넣곤 했다. 웨인은 체구가 큰 것이 하키에 유리하긴 하지만 대범하고 약삭빠른 몸을 가지고 있으면 천하무적이라고 가르쳤다.

　만세! 하지만 그의 얼굴은 나와는…. 나는 순간 멈춰 서서 다시 한번 그의 멋진 외모를 떠올렸다. 꽝이야. 완전 꽝이야! 얼굴은 결코 극복할 수 없는 장애물이라는 것을 내 마음 깊은 곳에선 알고 있었다. 웨인은 푸른 눈에 뾰족하고 우뚝 선 콧날, 부드럽게 흩날리는 금발을 가지고 있었다. 반면, 나는 검은 눈에 납작한 코, 머리카락은 삐죽삐죽하고 뻣뻣한 검은색이었다. 그는 전형적인 캐나다인이었지만 나는 그렇지 않았다. 빌어먹을. 나도 그처럼 생겼으면 좋았을 텐데….

"글렌! 비켜!"

누군가 외쳤다. 나는 오른쪽에서 머리를 이리저리 움직이고 있는 누나를 보았다. 내 몸의 반이 TV를 가리고 서 있었던 것이다.

"디스 이스 더 리빙룸, 낫 언 아이스 링크!"

누나가 날 야단쳤다.

열두 살 때 최악의 경기를 한 적이 있었다. 나는 메트로 토론토 하키리그의 싱글-에이 마이너 아이스하키 팀인 워렌파크 이글스 소속이었다. 경기가 끝나고 집으로 돌아오는 길에 아버지는 눈을 찌푸린 채 침묵을 지키고 있었다. 차 안은 자동차 엔진소리만 들렸고 종종 아버지의 깊은 한숨 소리가 정적을 깼다.

아버지가 마침내 입을 열었다.

"나 참, 너는 왜 유니폼을 그렇게 입는 거야!? 너는 웨인 그레츠키가 아니야."

웨인의 패션 트레이드 마크 중 하나가 유니폼의 오른쪽을 바지에 넣어 입는 것이었다. 그 시절 캐나다 어린 하키 선수들이 흉내내는 스타일이었다.

"오케이."

나는 기어들어가는 소리로 대답했다.

"그리고 왜 그렇게 코너에 안 들어가는 거야? 네 주머니에 있는 두 개의 계란이 모두 멀쩡하잖아."

아버지는 토론토 메이플 리프스의 구단주였던 해럴드 발라드가 스웨덴에서 영입한 포워드 잉게 햄머스트롬에게 했던 말에 빗대어 나를 꾸짖었다. 발라드는 햄머스트롬이 코너에서 거침없이 히팅(다른 선수와 몸 부딪치는 것)을 하지 않는다며, 주머니에 계란 두 개를 넣고 경기를 해도 경기가 끝날 때까지 절대 깨지지 않을 것이라고 경고했다.

하지만 나는 코너에서 히팅 맞는 것을 좋아하지 않았다. 그럴 경우 어깨 패드를 하고 헬멧을 쓰고 있더라도 가슴과 어깨, 머리가 아팠다. 머리는 뒤로 젖혀지고, 핏줄이 곤두섰으며, 머리를 지탱하기 위해 목 근육이 긴장했다. 그것은 나에게서 하키의 즐거움을 한 번에 빼앗아갈 만큼 큰 충격이었다.

이후 열네 살이 되었을 때 나는 골딩파크 레인저 싱글팀 소속이었다. 나의 코너 히팅 문제를 해결하기 위해 아버지는 한국에 있을 때 군대 동기이던 유도 코치에게 나를 보냈다. 나는 1주일에 두 번씩 근처 한인교회에서 유도를 배웠다. 사촌동생 존과 피터도 함께 배웠다. 사촌동생들도 하키를 하고 있었는데 삼촌들도 정신무장을 위해서 유도를 배우는 것이 좋다고 생각했기 때문이다.

유도 선생님은 종종 사촌동생들과 나를 자신의 연습상대로 지목하고는 마치 올림픽 금메달을 걸고 기술을 거는 것처럼 제대로 우리를 넘겨버리곤 했다. 우리끼리 스파링 할 때면 선생님은 나보다 네 살이나 어리지만 키는 나만 했던 피터와 짝을 지어줬다.

이 훈련은 우리에게 냉혹함과 무자비함을 가르치기 위한 것이었다. 그는 넘기는 기술을 통해 우리가 가족으로서의 따뜻함과 부드러움을 던져버리고 경쟁이라는 명목 하에 서로의 목을 조이고 발로 짓밟기를 원했다.

"그만! 이리와 봐."

한번은 연습 중간에 선생님이 나와 피터를 불렀다.

"네, 선생님."

우리는 땀범벅이 되어 숨을 헐떡이며 선생님에게로 갔다.

"제대로 하지 않으면 이렇게 되는 거야."

그는 수업에 참여한 학생들을 향해 이렇게 말하면서 거친 손으로 내 유니폼 깃을 모아 쥐고 나를 번쩍 들어서 바닥으로 내려쳤다. 대번에 눈알이 튀어나오는 것 같았고 머릿속은 백지장처럼 하얗게 되었다. 나는 아무 생각도 할 수가 없었다. 숨을 쉴 수 없었기 때문이었다. 잠시 후 그가 나를 놓아 주었고, 나는 매트 위로 쓰러졌다. 다음은 피터 차례였다. 다시 스파링 할 때 피터와 나는 피에 굶주린 짐승처럼 서로에게 돌진하여 상대방의 유니폼을 잡았다. 교훈을 얻은 것이었다.

도전 그리고
실패

"아냐, 안 돼. 유도에 가야 해!"

어느 수요일 저녁, 큰 키에 마른 체격의 아버지가 나를 내려다보며 말했다. 아버지는 이미 기분이 상해 있는 것같이 보였다. 나는 지난 두 달간 한 번도 유도에 빠진 일이 없었기 때문에 이번에 한번 빠지는 것은 괜찮다고 생각했다.

"하지만 웨인 그레츠키 시합이 오늘밤에…"

나는 기어들어가는 목소리로 말했다.

"표는 어떻게 산 거야?"

"메이플리프 가든에서 샀어요."

"안 돼. 유도에 가야 해. 오늘 게임은 그냥 엑스비션(시범) 경기잖아, 아니야?"

나는 할 말을 잃었다. 나는 어제 학교가 끝나자마자 에드몬튼 오일러가 토론토 메이플리프와 시범경기를 하기 위해 찾아오는 가든까지 단숨에 달려가서 암표상으로부터 입장권을 구했다. 나에게 그것은 웨인의 경기를 두 눈으로 직접 볼 수 있는 절호의 기회였다.

"많이 먹어라. 오늘 밤에 유도 가려면 잘 먹어야 해."

이른 저녁식사를 차리는 엄마가 밥과 콩나물국, 나물들을 식탁에 내려놓으면서 말했다. 나는 국을 한 숟갈 떠서 입에 넣었다. 흙을 씹는 것 같았다. 마음속은 부글부글 끓고 있었다. 내가 정말 싫어하는 것 때문에 인생에서 가장 중요한 경기를 놓칠 예정이라니. 하지만 아버지가 무서웠기 때문에 나는 입을 다물고 앉아 있어야만 했다.

저녁식사 후 나는 유니폼을 챙기기 위해 방으로 들어갔다. 그리고 마지막으로 입장권을 주머니에서 꺼내 엄지손가락으로 어루만졌다. 하지만 나는 오늘 그 자리에 없을 것이다. 유니폼을 아무렇게나 가방에 싸서 넣으면서 두툼한 유니폼을 손톱으로 긁었다. 가방을 어깨에 메고 아래층으로 내려가니 아버지가 파란색 큰 승용차에 시동을 걸어 놓고 계셨다. 나는 뒷문을 열고 운전석 뒷자리에 앉았다.

"웨인을 보러 가지 못해서 속상하지?"

아버지가 운전하면서 한국말로 내게 말했다. 그의 목소리는 부드러웠다. 아버지도 약간은 미안하셨던 것 같았다.

"네…."

풀 죽은 목소리로 대답하면서 설움에 눈물이 북받쳐 올라왔다. 눈물이 멈추어지지 않았다. 나는 몸을 구부려 손에 얼굴을 파묻고 하염없이 울었다. 우는 모습을 아버지에게 보여주고 싶지 않았다.

"괜찮아. 엑스비션 게임이잖아. 앞으로 웨인의 게임을 더 많이 볼 수 있을 거야."

아버지가 백미러로 나를 보며 말했다. 내가 흐느끼는 소리를 들었나보다. 하지만 중요한 것은 그게 아니었다. 나는 오늘 웨인의 시합을 보고 싶은 것이다!

우리는 15분 후 유도 연습 장소인 교회에 도착했다.

"자, 운동 잘 해라. 끝날 때 데리러 올게."

아버지는 나를 북돋아 주기 위해 노력하고 있었다. 나는 갈라진 목소리로 대답했다.

"오케이."

나는 차에서 내려 문을 닫고 퉁퉁 부은 눈으로 코를 훌쩍거리면서 칸막이에 둘러싸인 교회건물 지하로 내려갔다. 피터와 존 그리고 한국 학생들이 유니폼으로 갈아입고 있었다. 사촌들을 보니 기분이 좀 나아졌다. 우리 셋은 어린 시절부터 친하게 지냈다.

"하나… 두울… 셋." 선생님이 소리쳤다.

우리는 언제나 하던 팔 벌려 뛰기를 하며 몸을 풀었다. 그러자 슬펐던 기분이 슬그머니 사라졌다. 웨인과 하키경기는 쓰나미에 쓸

려가듯이 내 마음 속에서 밀려 나갔다. 게다가 그곳에서는 그런 무거운 기분으로 있어서는 안 되었다. 그러면 냉혹한 경기에 임할 수 없을 것이고, 그에 따른 대가가 무엇인지 나는 잘 알고 있었다.

고등학교 마지막 학년인 17살이었던 나는 '오' 리그에서 불러주기를 기다리고 있었다. '오'는 온타리오 하키 리그의 맨 앞 글자인 알파벳 '오'를 일컫는 말이며 최고의 무대인 북미 하키리그의 주니어 리그로 거기서 최종적으로 선수를 선발한다. 총 16개의 팀들이 있는 온타리오 리그가 있었고 지난 2년간 나는 거기에 선발되기 위해 총 47라운드를 거쳤다. 그들은 트리플-에이 선수를 찾고 있기 때문에 내가 선발되기 어렵다는 것은 잘 알고 있었다. 나는 노던 고등학교 하키팀 소속이었다. 그곳은 한때 싱글-에이 선수와 더블-에이 선수들이 많았으나 지금은 그냥 즐기기 위해 경기에 참가하는 선수들이 대부분이었다. 사실 나만 제외하고 모두가 그랬다.

하지만 나는 포기하지 않았다. 나는 계속해서 온타리오 리그에 선발되기 위해 경기에 참가하고 있었다. 나는 온타리오 리그 선수 선발담당 직원이 우연히 우리 학교 게임을 참관하다 나의 그레츠키 풍의 움직임을 목격하게 되고 숨겨진 보배를 발견하였다는 사실을 감독에게 알린다는 희망을 남모르게 품고 있었다.

아아, 그러나 내가 참가한 게임에는 아무도 오지 않았고, 그러므로 나는 누군가의 눈에 띌 일도 없었다. 9월의 어느 날 아침,

방 안에서 나는 거울에 비친 내 모습을 오래도록 바라보았다. 엄마가 냉장고 문을 열어놓았는지 집 안에는 신김치 냄새가 진동하고 있었다. 나는 눈을 뜨자마자 거울 앞으로 가서 그 자리에 그대로 서 있었다. 그제서야 온타리오 리그에서 나를 부르는 일은 없을 것이라는 사실이 현실로 받아들여졌다.

그때, 내 마음 깊은 곳에서부터 나를 지탱해오던 어린 시절의 꿈이 내 정체성과 더불어 무너져 내리는 소리를 들었다.

글렌, 너는
한국인이야

나는 거실의 호두나무 소파에 기대 앉아 리모컨을 쥐고 채널을 바꾸고 있었다. 몹시 추운 2월의 어느 일요일 아침, 나는 집에서 느긋한 휴식을 취하면서 엉터리로 더빙한 중국 쿵푸 영화가 보고 싶었다. 누군가 카펫 위를 지나는 소리에 오른쪽을 쳐다보니 엄마의 작고 통통한 몸이 나를 향해 걸어오고 있었다. 엄마는 내 옆에 털썩 주저앉아 눈을 반짝이며 말했다.

"한국에서 공부해보는 것은 어때?"

나는 엄마를 돌아보았다. 뭐라고? 나보고 문화도 다르고 언어도 다른 나라에서 공부를 하라고? 왜? 나는 내년에 맥마스터대학교에서 의학을 공부하기로 이미 마음 먹었던 차였다.

"글렌, 너는 코리안이야."

엄마가 진지하게 말했다.

"너의 피는 한국인이지 캐나다인이 아니야."

"아이 노, 버트⋯."

나는 이렇다 하게 반박할 수 있는 말을 찾을 수 없었다. 물론 생김새는 한국인이었지만 생각과 행동은 캐나다인이었다. 나는 토론토에서 태어나고 자랐고 사실상 한국말을 할 줄도 쓸 줄도 읽을 줄도 몰랐다. 엄마 말에 의하면 나는 유년시절에 엄마와 한국말을 곧잘 했다고 한다.

"네가 어디서 왔는지부터 알아야 해. 그리고 나면 너 자신을 알게 되고, 캐나다에서 백인들과 자신 있게 어울려 살 수 있어."

"하지만 내가 한국에서 무슨 공부를 할 수 있겠어?"

엄마가 나를 그냥 내버려두기를 바라면서 말했다. 엄마는 손에 쥐고 있던 얇은 책자를 나에게 건넸다.

"이건 한국의 서울대학교에서 공부를 할 수 있는 정보를 제공하는 책자야."

책 표지에는 울창한 나무가 심어져 있는 산을 배경으로 대학 건물을 찍은 사진이 있었다. 나는 책장을 넘겼다. '인문대학'이라고 되어 있는 페이지에서 '오리엔탈 필러소피'라는 문구에 눈길이 멈추었다. 왠지, 어떤 다른 단어보다 그 단어가 내 마음을 끌었다.

생각해보면 엄마의 제안이 그렇게 놀랄 만한 것은 아니었다. 누나와 나는 엄마를 통해 집안 이야기를 귀가 닳도록 들어왔다. 부모님은 애초에 큰아버지로부터 이민 초청을 받았을 당시 캐나다에 오래 머물 계획은 아니었다. 큰아버지는 60년대에 한국에서 초

단파 기술자로 이곳으로 이민 오셔서 동생인 우리 부모님을 초청하셨다. 이어 우리 부모님은 한국에 남은 할아버지, 할머니, 고모, 세 삼촌들을 캐나다로 초청했다. 그리고 큰아버지는 바로 미국으로 유학가셨고 나머지 가족은 전부 토론토에 머물고 있었다.

한국에서 교사로 계셨던 부모님은 애초에 캐나다에서 몫돈을 마련하여 고향으로 돌아갈 계획을 세우고 있었다. 한국은 일본의 지배에서 벗어난 지 얼마 되지 않아 한국전쟁으로 남한과 북한으로 나뉘어졌고, 개발도상국으로 있던 60년대에 군사 쿠데타가 일어났다. 몇 년 안에 한국으로 돌아가려던 부모님은 결국 캐나다에서 삼남매를 낳으시고 20여 년이 흐른 지금까지 그대로 살고 계신다.

비록 우리가 서류상으로 캐나다 사람이지만 엄마는 뼛속까지 한국인이었다. 엄마는 고국에 대한 사랑을 결코 버린 적이 없었다. 엄마는 우리를 '한국인답게' 키우지 못한 것을 안타깝게 생각했다. 현실적으로 엄마와 아버지가 가게를 운영하면서 하루 16시간씩 주말도 없이 일하는 상황에서 그것은 불가능한 일이었다. 그런 엄마의 눈에 우리 형제는 뿌리를 잊고 서구화되어 버린 아이들로 보였을 것이다. 우리는 겉은 노랗고 속은 하얀 바나나였다. 동양의 외모에 서양의 마음을 가지고 있었던 것이다. 엄마는 우리가 동양의 외모, 동양의 마음 그리고 케이크에 아이싱을 바르듯 표면적으로만 서양의 냄새가 풍기는 사람이 되기를 바랐다.

터무니없어 보였지만 뭔가 호기심이 생겼다. 그 후로 몇 주 동안 내 머리 속에는 한국에서 공부하는 것에 대한 생각이 사라지지 않았다. 생각하면 할수록 말이 안 되는 것은 아니라는 생각이 들었다. 오히려 그 생각이 점점 커져만 갔다.

하지만 나는 당연히 캐나다인이었다. 근데 뭐랄까, 내가 얼마만큼 캐나다인인지는 알 수 없었다. 돌이켜 보면 완전한 캐나다인이라고 단정 짓기에는 뭔가 미심쩍었다. 대부분의 학교 친구들은 나보다 더 웨인 그레츠키처럼 보였고 그런 그들을 캐나다인의 범주에 든다고 할 수 있었다. 반면 나는 그 범주에 들지 못했다.

초등학교 친구 알리 집에 가서 저녁을 먹은 날이었다. 식탁에는 그레이비 소스를 얹은 소고기 구이와 매쉬드 포테이토 한 덩어리, 샐러드가 나왔는데 나는 엉거주춤한 자세로 포크와 나이프를 잡고 음식을 입으로 가져 갔다. 그에 비하면 우리 집 식탁은 북적거리는 차이나타운 같았다. 우리의 식사는 이국적인 한국 소스, 양념, 장류들이었다. 각자에게 찰기 있는 밥이 담긴 밥공기가 주어졌고, 식탁 가운데 있는 여러 개의 작은 반찬그릇에는 나물, 참기름에 버무린 콩나물, 구운 김이나 멸치가 있었다. 식탁 중앙에 된장국이나 김치찌개, 대구탕 같은 국물요리가 냄비 채로 놓이면 식탁 위에서는 곧 난투극이 벌어졌다. 전형적인 우리집 식사 풍경이었다.

대부분의 캐나다 고등학교 학생들은 여자 친구나 남자 친구를 사귀었다. 하지만 나는 전 과목 A를 받아 부모님이 원하는 토론 토 대학에 진학하려 했기 때문에 학교가 끝나면 곧장 도서관으로 향했다. 부모님은 젊은이의 감성적인 면을 한심하게 생각하셨으며 미래를 설계하는 데 도움이 되지 않는다고 믿으셨다.

나는 수다를 떨지 않아도 되고 숙제나 점수 같은 필요한 이야 기만 나누면 되는 초등학교 단짝 친구 바스와 몇몇 중국계와 베트 남계 친구들과 붙어 지냈다. 사실 우리는 서로 마음이 통하는 친구 들이었다. 점심시간이면 친구들과 학교 지하에 있는 식당으로 내 려갔다. 나는 종종 도서관 위를 올려다보면서 남녀학생들이 수다 를 떨고 웃으며 서로 눈길을 보내기도 하는 것을 보았다. 하지만 실제로 여자아이들이 나를 쳐다보는 경우는 내가 그의 길을 막아 서 어쩔 수 없이 마주칠 때뿐이었다.

바로 그거 아닌가. 자신이 캐나다 사람이라기보다 한국 사람 이라는 게 그들과 나의 확실한 차이점이었다. 어디에서도 출생을 무시할 수 없다는 말이 와닿았다. 나는 토종 한국 사람이기에 유전 적으로 캐나다 사람보다 더 진지하고 내성적인 걸까? 사실 하키만 빼면 나는 캐나다에서 그리 잘 적응하지 못했다. 엄마 말처럼 명백 하게 나의 일부인 것을 지금까지 부인해 왔던 것일까? 그리고, 친 구들과 다른 나의 모습을 제대로 알게 된다면 지금보다 완전하고 자신감이 넘치는 사람이 될 수 있을까?

한국에 대한
꿈을 꾸다

다음 며칠 동안 나는 그동안 토론토 근교 한국 절을 방문했던 기억을 떠올렸다. 한국 스님들의 말끔하게 삭발한 머리와 단아한 승복 그리고 특유의 고요한 태도, 매력적인 향냄새가 가득한 법당 정면 한가운데에 모셔진 황금불상, 법당에 반듯한 자세로 앉아서 느꼈던 고요와 평화의 경험, 스님의 염불소리와 법회가 끝난 후 제공되는 신선한 채소로 정성스럽게 요리한 사찰음식들… 이처럼 신비한 것들로 가득한 한국과 동양의 매력이 마음속에서 급속히 자라더니 마침내 나에게 새로운 미래를 보여주었다.

어느날 나는 오리엔탈 필러소피의 중심지 한국으로 떠난다. 서울대학교에서 동양철학 분야 최고 권위자의 가르침을 받으며 몇 년에 걸쳐 심도 깊은 연구에 몰두한다. 어느 정도 자신감을 얻게 된 나는 캐나다로 돌아와 대학원을 졸업하고 얼마 지나지 않아 토론 토대학교에서 강의를 맡는다.

세월이 지나 나는 감청색 가디건을 입고 연구실 가죽 의자에 앉아 있다. 창 밖을 응시하면서 그동안 캐나다에서 어렵게 일궈낸 연구 업적을 음미한다. 나는 학계에서 주목 받는 동양철학자로 인정받 았을 뿐 아니라 세계의 정신문화를 알리는 일로 사람들의 존중을 받고 있다. 무엇보다 개인적인 큰 소망이었던 나의 '한국인'으로서 의 정체성과 '캐나다인'으로서의 정체성을 조화시키는 데 멋지게 성공했다.

유레카! 이제 나는 나의 열정을 쏟을 수 있는 천직을 찾았다. 이번에야말로 학문적 지식과 삶의 지혜를 겸비한 동양철학자의 길로 들어설 수 있는 기회가 왔다는 기대에 가슴이 두근거렸다.

다음날 나는 앞으로의 계획을 아버지에게 말했다.

"오, 그래?"

아버지가 소파에 앉아서 읽고 있던 한국 지역신문을 내려놓 으며 쾌활하게 웃었다. 그의 웃음에는 자부심이 가득했다.

"엄마가 이미 말했다."

아버지는 잠시 침묵하면서 의자에 기댔다.

"서울대학교라… 거기는 한국 최고의 대학교지. 이제 너는 공 부에만 전념해. 내가 전부 지원해줄 테니까."

학창시절 내내 가장 친한 친구였던 바스! 알렌비초등학교에 다니던 10세부터 가깝게 지냈던 친구인 그와의 이별은 상상조차 해본 일이 없었다. 학교 공부나 테니스, 1대1 농구, 핑퐁, 하키 같은 스포츠 경기에서 서로를 이기려고 경쟁했던 기억들이 특히 그리울 것이다. 이런 친구에게 내가 갈 길을 털어놓는다는 것이 힘들었다.

"나, 이번 여름에 한국에 가."

어느 날 하굣길에 배낭을 어깨에 메면서 불쑥 바스에게 말했다. 그는 걸음을 멈추고 나를 돌아보았다.

"뭐? 여름 언제? 왜?"

그의 조각 같은 턱선 주변 근육이 긴장하는 것이 보였다. 낡아빠진 티셔츠를 걸친 깡마른 체구와 칙칙한 갈색머리는 커트 코베인(미국의 유명한 록밴드 너바나의 보컬)을 연상시켰고 완전히 놀란 표정이었다.

"한국어 배우려고. 거기서 여름 동안 어학당에 다닐 거야."

나는 그가 속상해 할까봐 걱정되었다.

"하지만 글렌…."

바스가 슬프게 속삭였다. 그는 감정이 북받쳐 올라 제대로 말을 잇지 못했다. 나는 지나다니는 사람들의 앞길을 막고 싶지 않아 계속 걷자고 몸짓으로 말했다.

"이번 여름에 우리 너무 할 게 많잖아. 테니스, 길거리 하키, 야구, 버거쉐도. 우리의 마지막 방학인데…."

"알아…."

명물 햄버거집 버거쉑. 그의 말은 내 가슴 깊은 곳을 울렸다. 하키가 끝나고 콧물을 훌쩍거리며 추위에 손을 떨면서 먹었던 버거쉑의 추억은 내가 가장 좋아하는 겨울날의 기억이다. 육즙이 가득한 햄버거를 한입 베어 물 때면 적어도 그 순간만큼은 우리에게 무엇과도 바꿀 수 없는 가장 행복한 시간이었다.

바스와 지나왔던 그런 순간을 계속 만들어 갈 수도 있겠지만 지금 내 머리 속에서 장대하게 펼쳐지는 미래의 모습과는 맞지 않았다. 19살의 나는 이미 '한국'이라는 한 가지 생각에 가득 차서 전력을 다해 앞만 보고 나가고 있었다.

서울대학교 영어영문학과
새내기

1991년 봄, 나는 캐나다에서 한국으로 들어와 서울대학교 입학을 위한 준비를 마쳤다. 그리고 부족한 한국어를 익히기 위해 서울대 어학당에서 6개월의 연수를 마친 뒤 영어영문학과 신입생으로 학기를 시작하게 되었다.

"와! @#!%$!@#$%$… 이번 학기는 정말 재미있을 것 같아! @#!%$!@#$%$… @#!%$!@#$%$…"

캐나다에서도 집에서만 잠깐씩 한국말을 사용했던 나는 이곳 친구들이 말하는 내용들을 제대로 알아듣지 못했다. 이따금 들리는 감탄사를 제외하면 나는 30여 명의 남녀 신입생이 재잘거리는 한국말의 바다에 가라앉고 있었다. 거의 20퍼센트 정도의 한국말만 이해할 수 있었고 나머지는 다른 나라 말처럼 들렸다.

나는 귀 속으로 밀려들어오는 소리들을 차단하고 창 밖을 바라보았다. 창문은 아직 찬 바람으로 살얼음이 반쯤 덮여 있었다.

'내가 여기 어떻게 왔더라?'

감미로운 음악처럼 영어의 속삭임이 여기저기 들리던 토론토 노던고등학교 복도, 희고 까맣고 노란 피부를 가진 학생들이 어울려 걸어다니는 교정에 있었던 일이 엊그제인 것만 같았다. 하지만 현실의 나는 지금 여기 한국에서 영어영문학과를 거쳐 동양사상을 공부하려는 커다란 꿈에 부풀어 있었다.

한국의 대학생활에서 내게 가장 강력한 추억을 남겨준 것은 신입생 오리엔테이션이었다. 우리 영문학과 학생들은 오리엔테이션에 참가하기 위해 북적거리는 전세버스에 몸을 싣고 서울 동쪽 산에 있는 수련원으로 향하고 있었다. 내 주위는 온통 칠흑같이 검은 머리와 검은 눈동자의 사람들로 가득했다. 나는 스타트렉에 살고 있는 것만 같았다. 나의 클론들만 살고 있는 우주의 어느 곳, 픽션 드라마가 현실이 되었고, 과거의 사실이 픽션이 되었다.

'이제부터는 목표를 향해서 가야 해.' 나는 창 밖을 바라보면서 재빨리 자신을 타일렀다. 나에게는 확실한 계획이 있었다. 서울대학에서의 첫 2년은 영문학과에서 언어의 완충지대로 삼아 공부하고, 후에 오리엔탈 필러소피를 공부하기로 하였다. 전세버스 안에서 들리는 온갖 말들은 언어의 완충지대가 필요하다는 나의 생각에 확신을 심어주었다. 6개월간의 공부 끝에 통과한 레벨-5와 6의 한국어 수업은 불교 서적을 읽는 것은 고사하고 한국어 강의를 듣기에도 충분하지 않았던 것이다.

몇 시간 후 수련원에 도착했다. 우리가 탄 버스 뿐 아니라 600여 명의 인문대학교 1학년생을 태운 버스들이 줄줄이 도착하고 있었다. 바스가 최근에 보낸 편지에 의하면 토론토대학 신입생 오리엔테이션에는 그의 단과대학에서 100여 명 정도가 참여했다고 하였다. 그는 정신 차리고 빨리 토론토로 돌아오라는 말도 잊지 않고 덧붙였다.

우리는 버스에서 짐을 내려 수많은 학생들 사이를 누비며 2학년 선배의 뒤를 쫓아 허둥지둥 숙소로 향했다. 선배들에게는 이름이 없었다. 그들은 선배라고 부르기를 강요하지는 않았지만 친구들을 보고 알아차렸다. 나도 집에서는 누나를 희선이라는 이름 대신 누나라는 호칭으로 불렀다는 사실을 떠올렸다. 한국 사람들은 나이가 많은 사람이 젊은 사람들에 비해 더 많은 경험을 했기 때문에 현명하다고 믿고 있는 것 같았다.

숙소에 들어가자마자 짐을 한쪽 구석에 놓고 둥글게 모여 앉았다. 선배 세 명이 일어서서 한 명씩 돌아가면서 자신을 소개했다. 나는 선배의 이름을 듣자마자 바로 잊어버렸다. 한국식 이름은 아직 내 머릿속에 잘 입력되지 않았기 때문이다. 그도 그럴 것이, 성을 먼저 부르는 한국의 명명법이 내게는 혼란스러웠다. 나는 한국에서 '글렌 초이'가 아니라 '최 글렌'이었기 때문에 이 새로운 세상에서의 나의 정체성은 이름 글자부터 뒤바뀐 것이었다.

"자, 이제부터는 신입생도 한 명씩 자기소개를 하도록 하지."

순간 가슴이 철렁 내려앉는 것 같았다. 나는 지금까지 한 번도 한국 사람들 앞에 나가서 한국말을 해본 적이 없었다. 다시 생각해보니 영어로도 사람들 앞에서 나의 이야기를 한 일이 거의 없었다. 한쪽 끝에서부터 자기소개가 시작되었다. 다행히 나는 중간에 앉아 있었으므로 무슨 말을 어떻게 할지 생각할 수 있는 시간은 충분했다.

첫 번째 학생이 일어나서 말했다. 이미 게임은 시작되었다. 한국어의 동사, 명사, 관사, 연결어, 활용 동사들이 내 머리 속에서 뒤죽박죽 떠다녔다. 내가 입을 열기 전까지 재빨리 단어들을 잡아서 순서대로 나열하고 미리 예행연습까지 마쳐야 했다. 나는 관중들의 평가를 받기 위해 무대로 나가는 초보 스탠드업 코미디언이 된 것 같은 심정이었다.

'그런데 이럴 수가.'

처음 일어선 두 사람은 인사하고 이름을 말하는 것으로 끝내지 않았다. 그들은 영문학과에 지원하게 된 동기에다가 마지막에는 형식적인 미사여구까지 늘어놓았다. '오리엔테이션 기간 동안 여러분들과 친해지기를 바랍니다' 등등. 나도 똑같이 해야만 한다고 스스로에게 말했다. '글렌, 너는 단체생활에 적응하지 못하는 사람으로 보이기 원하지 않지?' 영어로 어떻게 말할지는 순식간에 정해졌다.

Hi, my name is Glen Choi, and I'm from Canada. I want to study Oriental Philosophy later on, but I chose English literature for now because my Korean language skills still need work. I look forward to getting to know all of you better during Orientation.

'좋아.' 나는 바로 이 문장을 한국어로 번역하였다. 이런 제기 럴, 'for now'를 한국어로 뭐라고 하지?' 내 머리는 변비에 걸린 것 처럼 꽉 막혀버렸다. 나는 단어가 떠오를 때까지 계속 자신을 다그 쳤다. 맞아, '임시', 그리고 'still need work'는 '부족하다'인가? 게 다가 나는 영어 구문론을 밀어내야만 했다. 주어-동사-목적어가 아니고 주어-목적어-동사라고 자신에게 되뇌었다. 뇌가 전환을 할 때마다 내 마음은 흙탕물 속에서 헤엄치는 것처럼 갑갑하였다.

마침내 내 차례가 되었다. 온 세상이 슬로우 모션으로 움직이 는 것 같았다. 자리에서 일어서서 옷매무새를 바로잡고 헛기침을 할 때까지의 짧은 순간이 몇 분은 되는 것 같았다. 아무튼 순식간 에 자기 소개를 마쳤다고 느꼈지만 실제로는 일 분 정도 걸렸던 것 같다. 의례적인 박수를 받으며 자리에 앉자 긴장되어 있던 목과 팔 다리에서 힘이 빠졌다. 시련은 끝났다.

낯설고 힘든
오리엔테이션

    다음날 하늘은 맑았다. 차가운 바람이 불고 있었고 얼어붙은 새벽이슬이 피크닉 테이블 위에서 반짝이고 있었다.

    점심식사 후 5명에서 10명씩 나누어 작은 방으로 들어간 동기들은 이번에도 둥그렇게 둘러앉았다. 내가 듣고 있는 말들은 한국어 수업에서 들었던 한국말과는 달랐다. 이런 새로운 한국어는 말끝이 훨씬 부드럽고 불분명하였고 문법적으로도 줄여져 있었다. 그 말들에는 결코 배워본 일이 없는 속어와 숙어 그리고 문화적인 것들의 집합체들이 추가되어 있을 거라 짐작했다. 나는 '진짜 한국어'의 세계로 들어온 것을 환영한다고 자신을 비꼬았다.

    저녁이 되어 숙소로 돌아오자 바로 맥주와 소주를 마시는 시간이 시작되었다. 이어 실내게임까지 더해지자 숙소는 여기저기서 떠들어대는 목소리로 시끌벅적해졌다.

하아.

혼자 있는 시간이 단 한 순간도 없었다. 오직 나만이 피곤했지만 피곤을 풀 시간도 없었다. 저녁에서 새벽까지 동기들은 박수를 치고, 농담을 주고받고, 웃고, 노래하고, 야유하고, 건배하느라 전보다 더 시끄러워졌다. 낮 동안은 조용한 안경잡이 공부벌레들이었지만 밤이 되자 사교클럽 회원이 되었다. 나는 찢어놓은 오징어 한 줄을 씹다가 한국 라거맥주를 컵에 따르면서 그 장관을 지켜보는 것밖에 할 수 있는 것이 없었다. 바로 얼마 전까지도 나는 맥주의 쓴맛이나 소주의 라이터 기름 같은 맛을 좋아하지 않았다. 그런데 동기들이 다 마시니까 그리고 한국어로 나를 표현하는 것에 대한 스트레스가 한 번에 올라오는 바람에 며칠 만에 술맛을 알게 되었다.

나는 그날 밤 동기들의 모습에서 수년간 억눌린 에너지들이 폭발하는 것을 목격하였다. 서울에 도착한 뒤 첫 한 달 동안 머무르던 외삼촌 집에서도 사촌들의 억눌린 에너지를 느꼈다. 고등학생이었던 사촌들은 오전 8시에 학교로 가서 숙제, 개인과외, 음악과외 등을 마치고 저녁 10시가 되어서야 집으로 돌아왔다. 이것이 한국 고등학생이 3년간 지내야 하는 전형적인 하루였다.

나의 부모님도 우리가 열심히 공부하기를 바랐기 때문에 누나는 피아노를, 나는 바이올린과 기타를 조금 배웠다. 하지만 학교가 끝난 뒤 저녁 식사 전까지는 운동도 했고 저녁에는 좋아하는

TV프로도 봤다. 우리는 우리만의 즐거운 인생이 있었고, 이들처럼 서로 비교 당하며 살지는 않았다.

　두 번째 날 밤, 나는 암울한 소식을 들었다. 신입생 오리엔테이션을 주관하는 운영위원회에서 마지막 날인 내일 각 과별로 촌극을 짜서 인문대학생들 앞에서 공연을 해야 한다고 알려왔다.
　저녁 식사 후 우리 과는 촌극의 주제를 결정하기 위해 작은 방에 모였다. 내가 알아들은 바로는 남편과 아내 그리고 아이들이 나오는 이야기가 주제로 정해졌다. 그 자리에 앉아있어 보니 내가 염려할 것이 하나도 없다는 사실이 분명했다. 동기들은 한국말도 잘 못하는 외국인 친구에게 중요한 역할을 맡길 만큼 매정하지는 않겠지. 아니, 오히려 내가 행인 역할이라도 맡겠다고 나서야 할 수도 있었다.
　몇 분이 지나 쉴 틈 없이 이어지던 이야기들이 잠잠해지더니 30개도 넘는 눈동자가 나에게로 향했다. 남자 선배 한 명이 순식간에 내게로 로봇처럼 몸을 좌우로 돌리더니 그의 입에서 느릿느릿 말들이 흘러나왔다.
　"네에가아… 주인공이야아아아아…"
　심장이 뚝 떨어지고 얼굴이 창백해졌다.
　나는 애써 마음을 가라앉히고 그 상황에서 할 수 있는 말을 생각해 보았다.

"아… 나는 한국말을 잘 못하니까 내가 할 수 없을…."

그때, 선배가 오른팔을 재빠르게 올려 손을 나의 어깨에 얹고 몸을 기울이면서 말했다.

"아냐. 아냐. 너는 아무 말도 할 필요가 없어."

"진짜요? 어떻게…?"

"그냥 몸으로 연기만 하면 돼."

그제서야 나는 주인공과 등장인물들이 무언극을 할 것이기 때문에 대사가 없다는 것을 알았다. 등장인물들이 무언극을 하는 동안 다른 사람들은 무대 뒤편에서 노래를 부를 예정이었다. 동기들은 내가 잘할 거라며 맞장구를 쳤다. 싫다고 할 처지는 아니었다. 나는 이미 한국말을 잘 못했기 때문에 주류에서 벗어난 아웃사이더였고, 모두의 흥을 깨면서까지 다시 한 번 관심을 받고 싶지 않았다. 나는 그러겠노라고 받아들였다.

내가 맡을 역할은 부인 역이었다. 아휴, 일이 갈수록 꼬여가는군. 나의 동기들은 희극적 요소를 가미하기 위해 부인 역할을 맡을 '남자'를 원했다. 그들은 우리 과를 통틀어서 내가 가장 여성스럽다고 생각했나보다. 오후에 있을 리허설을 위해 나는 머리에 흰색 수건을 두르고, 과 여학생이 준 붉은 립스틱을 발랐으며 청바지 위에는 불룩한 체크무늬 치마를 입었다. 과 동기들이 나를 바라보고 씩 웃으면서 지나갔다.

오리엔테이션 내내 계속되는 '발표', '게임' 그리고 이제는 수백 명 앞에서 촌극을…. 동기들은 한국말에 능숙했기 때문에 나보다는 훨씬 잘 대처하고 있었지만 우리 모두는 선배들에게 끊임없이 수줍음이라는 벽을 무너뜨리기 위해 쿡쿡 찔리고 있었다.

그런데 어느 순간 나에게 이상한 감정이 생겼다. 무언가 흥분되는 감정이 일어났다. 내 심장은 이러한 경험을 즐기고 있는 것 같았다. 나는 언제나 나의 두개골이라는 감옥창살 속에 갇혀 있는 기분이 있었다. 즉 나는 내성적이라고 생각했고, 그래서 튀어서는 안 된다고 믿어 왔다. 그럼에도 불구하고 지금 여기서 쑥스러움을 무릅쓰고 급우들 앞에서 말을 하려고 일어설 때면 마음속으로 쇠창살을 발로 차서 그 쇠창살이 움푹 들어가는 기분이 들곤 했다. 그리고 매번 쇠창살을 걷어찰 때마다 자기억제, 즉 가장 강력한 공포감으로부터 벗어날 수 있는 가능성을 점점 더 키우고 있었다.

그럴 때면 나는 무척 예민한 상태였지만 적어도 살아있음을 느낄 수 있었다. 또, 그렇게 함으로써 과 동기들과 내가 특별한 관계를 맺는다는 느낌을 받았다. 내가 내 마음을 주는 만큼 똑같은 대가를 돌려받는다는 것을 느끼고 있었다. '네가 너의 자존심을 내건다면, 나도 나의 자존심을 내걸겠어.'라는 것이 우리 사이의 암묵적인 약속이었다. 동기들은 이런 식으로 관계 맺기에 익숙했고, 결국 나도 그들에게 동화되고 말았다.

우리는 함께 경계심을 늦추었다. 아, 바로 경계심을 늦추기 위해 이렇게 고생을 겪고 있는 것이었나. 우리는 우리가 겪고 있는 '적나라한' 순간들 덕분에 오히려 서로의 벽을 낮추고 있었고, 스스로를 보호하고 있던 자존심이라는 돌덩이를 치워 자신을 내보이고 있었다. 결론적으로 우리는 서로에 대한 신뢰와 강한 유대감을 형성시키고 있었다. 이것을 한국말로는 '정(情)'이라고 했다.

 소등 시간이 되자 나는 그대로 검은 슬리핑백으로 미끄러져 들어가 셔츠를 베개 삼아 누워 지퍼를 올렸다. 지난밤 술에 취해 유쾌하게 떠들던 소리는 모두 잠잠해졌지만 나의 귀는 여전히 윙윙거리고 있었다. 동기와 선배들은 여기저기 누웠고 동시에 멀리서 코고는 소리들이 들리기 시작했다. 나는 누운 채 완전한 어둠을 올려다보았다. 낮 동안 나의 생각에 귀기울일 수 있는 고요한 순간이 거의 없었기 때문에 잠자는 시간이 이 뜨거운 열기로부터 벗어날 수 있는 유일한 순간이었다.

눈을 감고 나는 토론토에서 있었던 행복한 시간을 떠올렸다. 나의 방, 나의 침대, 베개 그리고 일요일에 집에서 빈둥거리는 시간, 바스나 사촌동생들과 에그링턴 공원에서 함께 하키 게임을 하던 빛나는 시절 그리고 버거쉐의 홈메이드식 버거도 그리웠다. 나의 회상은 초등학교 시절 서로 좋아했던 백인아이 조앤과, 짝사랑했던 제시카에 대한 추억까지 거슬러 올라갔다. 비록 헤어진 지 며칠 되진 않았지만 누나와 영어로 대화할 수 있었던 서울의 하숙집도 그리웠다. 누나가 한국에 유학 와서 연세대학교 생물학과에 편입하기로 결심한 것은 누나가 인생에서 선택했던 대단한 '모험'이었다는 생각, 또 나보다 키도 크고 왈가닥인 누나가 내 뒤에 버티고 있다는 생각에 안도감을 느끼기도 했다. 아직 신년 2월이지만이어서 크리스마스가 되어 토론토로 갔으면 좋겠다는 생각도 했다. 그러다가 내가 한국에서 공부한다고 결심한 것에 대해서 처음으로 의문을 가졌다.

'왜 더 깊이 생각해 보지 않은 거니, 글렌?
캐나다에 있었으면 얼마나 편하게 지냈을까.
너는 네가 생각하는 것보다 훨씬 더 캐나다 사람이었어.'

자신에 대한 측은지심이 생기자마자 또 다른 목소리가 고삐 풀린 망아지처럼 딴 생각들을 다 제쳐놓고 괴롭혔다. 그것은 아버지의 목소리였다.

'그래서?
왜 코너를 무서워하는 거야!?'

나는 자기연민에서 벗어나서 마음자세를 바꾸었다. 위기에서 언제나 나는 다른 사람이 되었다. 유도 수업에서 그랬고, 유도 이후 배운 하키 경기에서도 그랬다. 지금도 그때와 같았다. 내가 눈을 부릅뜨고 정신을 바짝 차리자마자 자기연민으로 점점 커졌던 정신적인 수다는 바로 사라졌다. 그리고 나는 곧 잠에 빠져들었다.

드디어 촌극을 하는 날이 되었다. 공연이 몇 시간 앞으로 다가오자 압박과 불안이 커졌다. 이제 곧 600쌍의 눈이 나에게 고정될 것이고, 그들은 나의 일거수일투족을 바라보게 될 것이었다. 지난 18년간 캐나다에서의 나는 비교적 관심을 덜 받고 지낼 수 있었으나 이제 그 시간은 끝났다. 지금 이 순간은 시선으로부터 숨을 수 있는 곳이 어디에도 없었다.

나와 과 동기들은 객석에서 일어나 줄을 지어 무대 뒤로 향했다. 우리는 다음 순서였다. 사회자의 멘트가 끝나자 뒤이어 환호성이 들렸고 그때부터 나의 심장은 쿵쾅거리기 시작했다. 드디어 우리 차례가 되었다. 우리는 무대 위로 올라가서 각자 자리를 잡았다.

커튼이 옆으로 열리자 조명이 눈부시게 비쳤다. 그 순간 나의 의식과 집중력이 고조되는 것을 느꼈다. 그리고는 난데없이 오래전 TV에서 봤던 라스베가스 쇼걸의 모습이 떠올랐다. 어쩌면 600명의 동기들의 요구에 부합하는 영감이 떠오르기를 간절하게 원해서였을 수도 있다. 나는 지금까지의 뻣뻣하게 서 있던 자세를 바

뛰 오른쪽 다리를 구부정하게 굽히고 머리는 위로 향하도록 올린 채 한 손을 머리 뒤로 얹었다.

객석에서 웃음이 터져 나왔다. '이거 괜찮은데? 계속해보자, 글렌.'

무대 중간 지점에서 내가 등을 굽히면 '남편'이 내 등을 짚고 뛰어넘도록 되어 있었다. 그런데 '남편'이 나를 뛰어넘으면서 내 머리에 두르고 있던 수건을 건드려 떨어뜨렸다. 나는 아무 일도 일어나지 않은 것처럼 태연히 무릎을 꿇고 기어가서 수건을 뒤집어썼다. 더 큰 웃음이 터져 나왔다.

그날 저녁 폐막식에서 나는 인기상을 받았고 상품으로 발표회 때 쓰는 플립차트를 받았다. 자리에 돌아오자 동기와 선배들은 손바닥을 마주치며 축하하고 반겨줬다. 시상식 내내 솟구치는 아드레날린이 뇌혈관을 타고 빠르게 흘렀다.

부모님의
사랑

우리가 살고 있는 아파트의 전화 벨은 매일 밤, 어느 날은 하루에 두 번씩 울렸다. 엄마는 누나와 내가 서울에 도착한 날부터 1년이 지나도록 우리가 잘 지내는지 걱정하고 있었다. 우리가 하숙집에서 나와 서민들 거주지역인 당산동의 방 2개짜리 작은 아파트를 빌려 살고 있기 때문에 특히 식사에 대한 걱정이 컸다.

어느 날 밤 옆방에서 누나가 엄마와 이야기하는 소리가 들렸다.

"연세대학교가 웅얼웅얼…."

누나가 강조해서 말하는 단어는 살짝 열려 있는 방문을 통해서 부엌 겸 거실을 거쳐 유리로 된 내 방 미닫이문의 미세한 틈으로 새어 들어왔다. 나머지는 웅얼거림이었다.

침묵.

"응, 친한 친구가 있는데 웅얼웅얼…."

침묵.

"서울은 너무 복잡해요. 나는 웅얼웅얼…."

침묵.

"엄마, 볶음밥은 어떻게 만들지?"

식사는 모두 누나가 준비했다. 그 중 내가 가장 좋아하는 요리는 스파게티였다. 식료품점에서 스파게티 국수는 팔고 있었지만 스파게티용 소스는 팔지 않았다. 한국에서는 자장면과 같이 다른 방법으로 국수를 만들어 먹었다. 그래서 누나는 외숙모가 알려준 대로 케첩으로 스파게티 소스를 만들었다. 케첩은 신의 한 수였다. 케첩이 스파게티에 톡 쏘는 맛을 가미해 주었고 누나는 옥수수, 완두콩, 당근과 같은 냉동야채 한 움큼까지 넣는 솜씨를 발휘했다.

"글렌! 엄마가 바꾸래."

누나가 소리쳤다. 나는 색동무늬가 화사하게 새겨진 한국 전통 '요'에서 일어나 건조한 눈을 몇 번 깜박였다. 보고 있던 인류학 개론 책을 귀퉁이가 겹겹이 접힌 민중한영사전 옆에 내려놓았다. 책을 내려놓을 때 온돌바닥에 손등이 스쳤다. 따스한 느낌이 온몸에 퍼졌다.

"잘 있었니, 아들? 한국에서 지내는 거 힘들지? 사람도 많이 만나야 하고?"

엄마는 한국말로 말했다.

"아니에요, 엄마. 걱정 마세요."

나는 외숙모가 준 파란색과 흰색 꽃이 프린트 된 소파에 앉으며 말했다. 오후 9시가 조금 지난 시간이었지만 누나는 담요를 목까지 올라오도록 덮은 채 돌아누워 있었다. 누나는 아침형 인간이었다.

"그렇게 힘들지 않아요. 이제 익숙해진 것 같아."

솔직히 말하면 불만이 없지는 않았다.

"누나와 내가 시장에 가서 가격을 깎아달라고 하거나 말을 할 때마다 사람들이 어디서 왔냐고 물어봐요. 아니면 어디 사투리냐고 물어요."

엄마가 웃음을 터트렸다.

우리가 캐나다에서 왔다고 하면 '아… 교포구나.'라고 했다.

"그리고 버스나 지하철을 타고 갈 때 사람들이 계속 쳐다봐요. 여름에 반바지를 입고 나가서 그런 것 같아요. 여기 남자들은 그렇게 입지 않거든요. 아니면 내가 누나와 영어로 얘기해서 그럴 수도 있고요."

"조심해야 해. 한국에서는 공공장소에서 영어로 얘기하는 것을 잘난 척한다고 받아들일 수도 있어. '나는 너희보다 영어를 잘 할 수 있어.' 이런 식으로 말이야. 밥은 잘 먹고 있어? 누나는 잘 도와주고?"

"응, 누나가 밥은 다해요. 그런데 뜻밖에 아주 맛있어요."

나는 좀 익살스럽게 말하고는 '그리고 설거지는 제가 다해요.'라고 자랑스럽게 덧붙였다.

"누나가 같이 있으니까 내 마음이 좀 편하구나. 과 친구들은 괜찮고? 서울대학교 학생이라서 거만하거나 하지는 않아?"

"아니에요. 전혀 그렇지 않아요. 친구들은 친절하고 나를 잘 도와줘요. 걔네들이 너무 빨리 얘기하기 때문에 아직도 다 알아들을 수는 없지만요."

아… 나는 오늘 밤 세 가지 불만을 얘기했구나.

"쯧쯧쯧. 그거 참 힘들겠네."

엄마가 혀를 차면서 얘기했다. 엄마의 목소리에서는 진심어린 미안함이 느껴졌다. 엄마는 우리를 몇 천 킬로나 떨어진 먼 곳으로 떠나보내고 난 뒤에야 비로소 자신이 무슨 일을 저질렀는지 깨달았다고 했다. 엄마는 우리가 머나먼 타국에서 고생하다가 심리적으로나 신체적으로 문제가 생기지 않을까 걱정하고 있었다. 누나는 21살이고 나는 19살이었지만 엄마 눈에는 우리가 아직도 어린 아이로 보였다. 만에 하나 무언가 잘못된다면 그것은 모두 아이들을 멀리 보낸 당신 잘못이라고 자신을 탓할 것이었다.

언젠가 엄마에게 왜 우리를 한국으로 유학 보내려 했는지 물어보았을 때 이렇게 말씀했다.

"당시 나는 어느 대학이든 학교는 상관 없었어. 한국에서 해

외유학생을 모집하는 학교만 있다면 어디라도 보낼 생각이었지. 왜? 내가 자식들에게 물려줄 유산은 오직 하나 세상을 바르게 보고 바르게 살아가게 하는 진리밖에 없다는 것을 알았기 때문이야."

오랜 이민생활에 지친 엄마에게 유일한 진리는 부처님 가르침이었고 당신이 스승으로 모시는 대행스님의 가르침이었다. 당시 엄마의 머리속엔 그 생각으로 꽉 차있을 때여서 한국신문에 서울대학교에서 해외 유학생을 모집하는 기사를 보고 만세를 불렀다고 했다.

"마침 너도 대학에 들어가야 할 때라서 떠밀다시피 너를 한국으로 가게 한 거지. 다행히 너도 한국과 동양문화에 호기심을 갖고 있는 아이였고…."

엄마에겐 이것저것 가릴 게 없었다. 아들이 한국말을 하고 한국말을 알아들을 수만 있다면 그래서 내면의 힘을 얻을 수 있는 마음공부를 할 수만 있다면 그 이상 바랄 것이 없었다. 다만 유독 마음 여린 아들이 본인이 태어나지도 않은 생면부지 고국에 돌아가서 홀로 외로워 할 것이 걱정되었을 뿐이었다.

엄마는 토론토에 있는 한국 친구들로부터 일종의 압박을 느끼고 있었다. 주변 사람들은 캐나다를 놔두고 개발도상국인 한국으로 우리를 보낸 것을 이해하지 못하는 분위기였다. 한국 학생들은 캐나다에 와서 공부하려고 안달이 났는데 말이다. 이런 엄마를 위해 내가 바라는 것이 있다면 우리가 이곳에 잘 적응하여 학업을 해나

감으로써 엄마의 마음 어딘가 있는 미안함이 위로 받는 것이었다.

　　누나와 나는 엄마나 아빠와 전화할 때 거의 한국어로 말했다. 나의 한국어는 누나보다 잘 못하고 거칠었지만 우리의 한국어 대화는 그 전에 비해 훨씬 뉘앙스가 있었다. 예를 들면, 나는 '소스라치게'와 같은 형용사라든가, '기가 막혀서' 같이 감정을 표현하는 용어들을 표현하기 시작했다. 엄마는 당신의 모국어인 한국말을 우리가 곧잘 해내는 것을 듣고는 깜짝 놀라 박장대소를 하곤 했다. 엄마가 영어를 잘 이해하지 못했기 때문에 그 동안 영어로 엄마와 대화할 때 복잡한 감정표현이라든가 속어나 관용어를 잘 사용하지 않았던 것을 그제야 알았다. 비로소 케케묵은 캐나다인의 껍질을 벗고, 아직은 어리숙했지만 한국인으로서의 날개를 펼치기 시작한 것이었다.

　　엄마와 통화한 뒤에 가끔 아버지와도 통화를 했다. 우리의 대화는 거의 항상 똑같았다.

　　"공부 열심히 하고 있니?"

　　"네, 열심히 하고 있어요."

　　"열심히 하면 좋은 결과가 있을 거라는 거 잊지 말아라. 학교 수업은 어때?"

　　"우리 과는 영어로 된 교재를 많이 써요. 저는 한영사전을 언제나 가지고 있고, 학우들이 노트를 빌려줘요."

"성적은 어때? 좀 나아졌니?"

"좀 좋아졌어요. 평균은 C+에요."

"그래. 계속 열심히 해라. 필요하면 내 비자카드 쓰면 되니까."

"네. 그렇게 할게요."

하지만 아버지가 전혀 다른 사람이 될 때가 있었는데 그때는 술을 한잔 하고 난 뒤였다. 그럴 때면 아버지는 지나온 날의 추억을 이야기하곤 했다.

"네 나이 때 나는 군대에 있었어."

"그래요?"

어쩌면 오래 전에 들었을 수도 있지만 나는 기억이 잘 나지 않았다. 아버지의 음성이 고조되었다.

"그랬지. 그때는 3년간 군대에 갔어야 했어. 나는 남북한 비무장지대에서 보초를 섰었어. 거기서 한밤중에 북한 간첩이 한국 군인의 목을 뒤에서 찔렀어. 나도 언제 당할지 몰랐지."

"아, 그래요?"

"그럼… 어쨌든… 누나 바꿔봐라."

어디서
잘못된 걸까

"안 돼요."

그녀가 말했다.

"정말요?"

내가 대답했다.

"네. 아쉽게도 안 되네요."

가슴 쓰라린 대화였다. 이것은 데이트 중에 나온 대화가 아니다. 그것은 학교 영문학과 행정직원의 입에서 나온 말이었다.

나는 서울대학교에서 2학년 2학기를 시작했고 내년에 전공을 바꿀 수 있는지 알아보고 있었다. 낯선 한국의 학교라는 전쟁터에서 행정실 양선생님은 항상 따뜻하게 대해주어 나에게는 정신적 지주 같은 존재였다. 그녀는 학교정책이나 접수 절차와 같은 복잡한 문제에 대한 나의 수많은 질문에 인내심을 갖고 대답해 주었으며 잘 될 거라고 격려도 해주었었다. 그런 그녀가 1993년 11월에 단호하게 내뱉은 말은 내게는 암 선고와도 같았다.

내가 옮기고 싶은 과에서 누군가 그만두지 않으면 전과할 수 없다는 것이 학교방침이고, 그런 일은 거의 일어나지 않는다고 그녀는 침착하게 설명했다. 다른 방법은 원하는 학과에 재입학 하는 것이었다. 다시 말해, 외국인 학생 입학시험에 합격하여 1학년부터 다시 시작하는 것이었다.

나는 행정실을 나와 인문대학으로 통하는 컴컴한 지하 복도를 걸었다. 얼굴이 축 처져 있는 것이 느껴졌다. 나는 한걸음 한걸음 힘겹게 계단을 올라갔다. 밖으로 나서자 지는 태양이 눈부셨지만 눈을 깜박이지 않았다.

나는 계속 걸었다. 대학교 캠퍼스는 도시 남쪽 가장자리 산자락을 따라 있는 4Km^2가 넘는 거대한 땅이었다. 생각을 떨쳐내고 머리가 맑아지는 데는 더없이 훌륭한 장소였다. 나는 30분 정도를 걸어서 언덕 밑으로 내려와 대학교 정문을 나섰다. 그리고 303번 버스에 올라 맨 뒷좌석에 앉았다.

버스가 덜컹거리며 인구 천만 명이 살고 있는 시내로 들어서자 순식간에 사람들로 빽빽하게 들어찼다. 나는 창 밖을 바라보았다. 경적을 울리는 현대 자동차와 기아 자동차들이 4차선 도로 위를 이리저리 날렵하게 넘나드는 모습은 비디오 게임을 보는 것 같았다. 교회 꼭대기의 십자가들, 작은 가게의 간판들이 빨강, 노랑,

분홍빛으로 반짝이고 있었다. 눈 돌리는 데마다 높게 솟은 아파트들, 비탈진 골목길과 곳곳에 보이는 고층 건물들, 버스가 내뿜는 매연 냄새. 갑작스럽게 멈췄다가 출발하는 버스에서 차츰 머리가 아파오기 시작했다.

나는 버스 안에 있는 사람들에게로 시선을 돌렸다. 사람들의 몸은 가까이 닿아 있었으며 어떤 사람은 옆으로 밀쳐지기도 했다. 얼굴을 찌푸리고 있는 몇몇을 제외하고는 대부분 자신이 밀쳐지더라도 미동도 하지 않았다. 어떤 감정인지 짐작할 수 있었다. 이렇게 많은 사람들이 한 도시에 살고 있는데 '죄송합니다.'라든가 '잠시만요.'라는 말은 소모적이었다. 내일도 모레도 똑같은 일이 반복될 것이니까.

'입학 할 때 학교에 제출하는 서류 번역에 뭔가 놓친 것이 있을까?' 나는 버스 맨 뒷좌석에 앉아 배낭을 무릎에 놓고 양 손을 얹으면서 골똘히 생각했다. 서울대학교 입학 할 때, 입학 후 2년이 지나면 전공을 바꿀 수 있다고 했던 직원의 말을 분명히 기억하고 있었다. 의사소통이 잘 안 되어 오해가 있었던 걸까? 나는 이 부분을 다시 한 번 확인했어야 되는데 말이다. 캐나다의 대학교처럼 2학년이 될 때까지 전공을 정하지 않아도 된다고 생각해선 안 되었다.

나는 머지 않아 기대하던 동양철학과에서 공부할 수 있다는 꿈이 있었기에 지난 2년을 영문학과에서 견딜 수 있었다. 그 보상이 곧 있을 것이라고 생각했고, 언젠가 세계적인 동양사상가가 되는 희망을 버리지 않았던 것이다. 그런데 갑작스럽게, 그것도 단 몇 분 사이에 지난 몇 년간의 꿈들과 멋진 시나리오는 산산이 부서져 버렸다. 하키 선수의 꿈이 하루아침에 무너진 것과 마찬가지였다.

새로 입학한다면 지금까지 딴 학점을 어느 정도는 인정해 주겠지만 그렇다고 1학년부터 다시 시작하고 싶진 않았다. 결국 영문학과에서 2년 동안 딴 학점의 대부분은 쓰레기가 될 것이 분명하였다. 그러기에는 너무 열심히 공부했다. 일학년부터 다시 시작해야 한다는 것은 집으로 돌아갈 수 있는 시기가 더 늦춰진다는 것을 의미하기도 했다.

나의 마음은 다른 선택지를 찾느라 분주했다.

'학교를 그만두고 서울에 있는 다른 대학교를 찾아야 할까?'

아니, 그럴 수는 없었다. 그것은 서울대학교에서 1학년부터 다시 시작하는 것과 다를 바가 없는 것이었다. 다른 대학교를 간다면 새로운 외국 학생으로서 한국 친구들에게 적응하느라 다시 한번 감정적인 롤러코스터를 타야만 했다.

'모든 것을 관두고 토론토로 돌아가는 것은?'

그것도 정답은 아니었다. 나는 가족과 친구들에게 한국에서 대학 졸업장을 따서 돌아간다고 약속했다. 캐나다로 돌아갔을 때 체면을 깎이고 싶지 않았다. 하긴 내가 한국에서 영문학과를 졸업한다면 그것도 그다지 체면을 살려주지는 않았다. 그것은 한국인 학생이 캐나다 대학교로 유학 가서 한국어학과를 졸업하는 것과 같은 것이었다.

어려움은 너를
성장시킬 거야

　　　　　그날 밤 나는 엄마에게 소식을 전했다. 엄마는 무척 놀라셨는지 작은 목소리로 속삭였다.

"정말…? 다른 방법은 없대?"

"응… 없나봐요."

"학생들 중에 누군가 학기가 시작하기 전에 학교를 그만둘 수도 있는 거잖아?"

"그럴 수도 있지요. 하지만 시간이 얼마 없어요…"

엄마의 목소리는 곧 평정을 되찾았다.

"대행스님이 언제나 너의 근본인 참나를 믿으라고 하셨어. 그 근본을 믿자. 참나는 너보다 더 잘 알고 있어."

"오케이, 알았어요."

엄마의 말을 다 이해하지는 못했지만 나는 알았다고 대답했다. 자기 자신과 잠재력을 믿으라는 것이라고 짐작할 뿐이었다.

엄마는 나와 누나에게 부처님의 진리와 대행스님의 가르침을 알려주고 싶어했다. 대행스님은 한국에서 오랜 수행을 통해 깨달음을 얻은 뒤 한마음선원을 세우셨다. 큰스님의 깨달음에 관한 이야기는 우리 가족에게는 신화와 같았다. 엄마와 스님과의 첫 인연은 불교신자였던 엄마의 사촌이 한국에서 스님의 책을 부쳐준 데서 시작되었다. 엄마는 하루만에 〈무無〉라는 책을 다 읽고는 '바로 이거야.' 하며 손바닥을 크게 마주쳤다.

이후 엄마는 대행스님의 책들과 카세트테이프, 비디오테이프 등을 구입해서 공부하기 시작했다. 듣고 듣고 또 듣고… 온종일 스님과 함께 지내는 느낌이었다. 삶의 고비에서 부처님법을 만난 엄마는 '이 엄청난 공부를 지금 아니면 언제 해보겠냐.'며 자주 눈물을 보이곤 했다. 대행스님을 현대인들에게 꼭 필요한 스승이라 여겼던 엄마는 주위 사람들에게 간곡하게 일러줬지만 누구도 알아주지 않았다. 하긴 처음엔 가까운 가족들도 이해하지 못했으니까. 워낙 종교에 관심이 없었던 아버지는 엄마가 너무도 좋아하고 마음의 안정을 찾은 데 만족해서 그저 지켜볼 뿐이었다.

몸과 마음의 굴레에서 벗어나 자유인으로 살아가라는 큰스님의 법문은 엄마가 고국을 떠나 낯선 나라에 살면서 낯선 언어로 말하고 아이들을 교육시키는 데 어려움을 겪어온 지난 20년간의 고통에 해답을 주었다. 그동안 이런 상황에서 겪은 중압감으로 인하여 부모님의 결혼생활까지도 위기를 겪었던 터였다.

"이 모든 것에는 이유가 있어. 큰 뜻이 있다고. 그러니까 어려움은 너를 성장시키기 위해 찾아 온 거야."

모든 일에는 다 뜻이 담겨 있다는 말은 나에게 깊이 와 닿았다. 사실 그 동안 나는 막연하지만 고통스러운 경험에는 어떤 깊은 의미가 있고 배울 점도 있다고 생각해왔다. 그렇지 않았다면 나는 더욱 우울해졌을 뿐 아니라 너무도 인생이 일방적이고 엄격하기만 하다고 여겼을 것이다. 하지만 적어도 그동안 서울대학교에서 보낸 시간들은 나를 더욱 성장시키고 강하게 해 주었지… 나는 내적으로 더욱 강해진 것임에 틀림없다. 어려움을 겪을수록 더욱 강해진다는 것을 믿었다.

서울에 들어온 지 한 달 만에 교보문고에서 산 순류 스즈키(Shunryu Suzuki)의 저서 〈선심초심(Zen mind, Beginner's Mind)〉의 한 구절이 떠올랐다. 스즈키는 좌선을 하면서 사람들이 경험하는 망상과 괴로움을 마음 속 잡초라고 불렀다. 그는 우리가 잡초를 뽑아서 근처의 식물에게 묻으면 그것이 자양분이 된다고 했다. 그러므로 '마음 속에 잡초가 있는 것에 감사해야 한다. 그것이 결국 우리의 수행을 풍요롭게 할 것이기 때문이다.'라고 하였다.

엄마와의 전화를 끊고 나는 나만의 기도문을 만들었다.

한국에 살면서 겪은 괴로운 경험은 나의 성장을 돕고 내 품성을 형성하는 데 도움을 주었다. 지금 내가 '얻은 것'들이 지금 당장 눈 앞에 보이지는 않지만 앞으로 살아가는 데 큰 도움이 될 것이다.

이것이 바로 내가 원하던 진통제였다. 엄마로부터 들은 큰스님의 가르침을 되새기니 바로 기분이 나아졌다. 절망 대신 감사의 마음이 생겼고 그 마음은 계속 지속되었다.

차분하게 다시 영문학과 진학에 대해 생각해보았다. 그동안 모든 수업과목들을 통과할 수 있었던 것은 그것이 영문학과였기 때문 아니었던가. 그동안 내가 읽은 전공 서적은 노턴의 시집, 에머슨의 초월주의적 서적들, 쏘로우와 셰익스피어의 희곡들 그리고 많은 영문학 고전들이었다. 어떤 때는 영어로 과제를 제출하기도 했다. 만약 내가 동양철학을 공부했다면 얼마나 많은 한국어 서적을 읽고 써야 했을 것이며, 얼마나 많은 과목에서 낙제했을지 충분히 상상할 수 있었다. '이것이 나의 미래를 위한 큰 뜻이었을까?'
게다가 나는 쏘로우의 '월든'에 푹 빠졌다. 쏘로우는 세상의 규범을 따르지 않았다. 그는 도시를 떠나 숲 속에서 가장 기본적인 것들만을 가지고 홀로 살았다. 그는 더 큰 운명에 이끌려 오랜 과거로부터 이어온 편견이나 '평범한 삶'의 노예가 되지 않고 관점과 생각을 바꾸기 위해 떠났다. 나는 때때로 월든이 책을 통해서 나와 소통하고 있으며, 심지어 서울에서 만난 유일한 진정한 친구라고 생각하기도 했다. 그는 내가 한국에서 새로운 문화를 접하면서 겪은 무모한 도전의 시간들이 무의미한 것이 아니며, 오히려 고귀한 불복종의 행위라고 재차 확인시켜 주었다.

또 나는 과 동기들과도 특별한 관계를 유지하였다. 그들은 선배들로부터 받은 전공과목이나 선택과목에 대한 정보들, 담당 교수의 출제 경향들을 함께 공유하였다.

"글렌. 빨리 와."

시험기간이면 동기들이 손을 흔들어서 나를 불렀다. 과 사무실 안에 있는 학생부실이나 건물 밖 벤치에 가면 어김없이 옹기종기 모여 있는 과 동기들과 마주쳤다.

"이거 필기해 놔."

동기 중 한 명이 마치 어마어마한 양의 보물이 숨겨진 보물지도를 찾은 사람처럼 들뜬 목소리로 나에게 말했다. 그럴 때면 나는 그 이유도 묻지 않았고 어떻게 찾았는지도 묻지 않았다. 그들은 내가 아는 것보다 훨씬 더 많은 것을 알고 있었다. 나는 친구들이 알려준 페이지를 집중적으로 공부했다. 내가 받은 학점은 C에서 왔다 갔다 했으므로 점수가 그다지 좋지는 않았지만 큰 신경을 쓰지 않았다. 나는 오직 학문적으로든 감정적으로든 살아남기에만 집중하고 있었기에 캐나다의 고등학교 때 받았던 것과 같은 점수를 받는다는 것은 상상조차 할 수 없었다.

'내가 철학과에 갔으면 지금의 동기들과 같은 친구들을 만날 수 있었을까? 영문학과가 아니었다면 지금처럼 오랫동안 서울대학교에서 버틸 수 있었을까? 믿어보자. 글렌.'

서울에서 대학을 다니는 동안 누나와 나는 한마음선원 본원으로 가서 대행스님을 찾아뵙는 기회가 잦아졌다. 당시 부모님이 캐나다 토론토에 한마음선원 지원을 건립하는 일을 추진하고 있어서 관련 서류 심부름도 있었고 그 외에도 자주 인사를 드렸다. 큰스님은 마치 할머니가 오랜만에 손주를 본 듯 우리를 반기셨다. 나는 큰스님 앞에만 있으면 마음이 편안했다. 낯선 서울에서 유학하고 있는 나의 마음속 세상은 온통 바글바글하고 요란해도 스님

앞에 가 앉기만 하면 바로 고요해지고 귀의처를 찾은 것 같은 느낌을 받았다. 이 귀의처는 너무도 가볍고 편안해 마음 속 깊은 어딘가에서 어린아이처럼 웃음이 절로 났다.

　한번은 누나와 큰스님 앞에 가서 앉았는데 옆에서 훌쩍거리는 소리가 들렸다. 곁눈질로 보니까 누나 뺨에서 눈물이 흘러내리고 있었다. 스님께서 아무 말씀도 하시지 않았는데 말이다. 나중에 물어봤더니 자기도 무엇 때문에 울게 되었는지 잘 모르겠다고 했다. 큰스님은 먼 캐나다에서 한국까지 공부하러 왔는데 어려움이 없냐며 우리 남매를 자상하게 살펴주셨다.

　언젠가 내가 '나중에 동양철학을 공부하고 싶습니다'라고 말씀드린 적이 있었다. 큰스님께서는 가만히 계시다가 '철학은 어

디서 왔다고 생각하느냐?'고 물어보셨다. 나는 살짝 당황해서 '옛날 그리스 때부터 시작된 것으로 안다.'고 답했던 것 같다. 큰스님께서는 '철학은 마음의 세계를 공부하는 것이므로 마음에서 나온 것이라 할 수 있다. 학문적으로 나를 찾는 것은 이차적인 공부이고 먼저 자기 마음을 아는 데서부터 공부해야 한다.'는 취지의 말씀을 들려주셨다.

얼마 후 나는 서울대학교 영어영문학과 2학년을 마치고 동양철학과 편입을 포기하는 대신 영문학과의 학부과정을 무사히 마치고 졸업을 했다. 그리고 사랑하는 부모님과 형제, 친구들이 있는 캐나다로 다시 돌아왔다. 결과적으로 한국에서 공부하면서 익힌 한국말과 한국 문화, 소중한 사람들과의 인연은 더 이상 내게 한국을 낯선 나라로 여기거나 나를 이방인으로 생각하게 하지 않았다. 엄마의 소원이 어느 정도 이루어진 것이다.

한마음선원
토론토 지원

　　나는 아버지의 올드 카 폰티악 파리지엔느를 몰고 글렌케런에 있는 한마음선원 토론토지원을 향했다. 아버지가 차 열쇠를 건네며 주의를 준 대로 눈이 내려 미끄러워진 길과 사각지대에 주의하면서 차도 사람도 안 보이는 도로를 천천히 운전하다가 마침내 대로에 들어섰다. 고등학교 때 운전면허증을 취득하였지만 한국에 있을 때는 운전을 하지 않았으므로 나는 아직 초보운전자였다.

　　겨울방학 때 토론토에 올 때마다 몇 번 아버지 차를 운전했지만 이번 12월 운전은 좀 다른 느낌이었다. 몇 주 전 서울대학교에서 영문학과를 졸업한 기념으로 아버지로부터 차를 선물 받은 것 같은 기분이었다. 운전이 생각보다 쉬워 선원까지 약 15분이 걸렸다. 차 문을 열자 영하 13도의 추위가 얼굴을 매섭게 찔렀다. 나는 옷깃을 세운 채 짙은 청색 코트의 지퍼를 올리고 1층짜리 회벽집 정문으로 통하는 계단을 올랐다.

토론토에 있는 대부분의 한국 절은 이런 식으로 처음 자리를 잡는다. 스님들은 법당이나 사무실 건물을 빌리거나 사기도 하고, 아니면 서민들이 거주하는 지역에서 작은 집을 사기도 한다. 신도가 부족하기 때문에 큰 건물을 살 수 있을 만큼 경제적으로 넉넉하지 않다. 한마음선원이 작은 토론토 한국 불교사회에 등장한 것은 1993년 무렵이다. 이곳은 대행스님을 스승으로 모시고 운영히는 사찰로 부모님은 정기적으로 법회에 참석하고 있었다. 문이 열려 있었다. 우리는 안으로 들어가서 신발을 벗고 카펫이 깔려 있는 법당에 앉았다.

나는 지난 일요법회 후에 잠시 만났던 교무스님을 다시 만나기로 되어 있었다. 내가 토론토로 돌아왔을 때 엄마는 지원에 머물고 있는 두 분의 스님 중 한 분이 나와 비슷한 상황에 있다고 했다. 그는 한국인이지만 미국에서 자랐으며 나와 비슷한 나이에 나처럼 한국을 다녀왔다고 했다. 나와 다른 점이라면, 그는 스님이 되기 위해 한국으로 갔다고 했다. 들리는 이야기에 의하면 그는 아이오와에 있는 마하리시 마헤시(Maharishi Mahesh Yogi)가 세운 마하리시대학교에서 수학했으며, 히말라야에 있는 동굴에서 전갈을 친구 삼아 염소젖으로 연명하면서 몇 달간 인도 수행자들과 함께 수행하기도 했다. 나의 행보도 독특하다고 생각했으나 그는 다른 차원의 독특함이었다. 나는 마침내 나와 마음이 통하는 친구를 만났다고 느꼈다. 내가 관심을 가지고 있는 동양철학 공부의 앞길에 대하여 이야기를 나눌 수 있는 바로 그 사람이었던 것이다.

잠시 후, 교무스님이 법당 옆에 있는 숙소 쪽에서 나타났다. 스님은 소중하게 모셔진 황금불상을 향해 두 손을 모으고 가볍게 인사했다. 그가 나를 향해 돌아서자 나는 소스라치게 놀랐다. 그는 마치 돌사자가 먹이를 노려보듯이 나를 내려다보고 있었다. 두툼한 눈두덩은 두들겨 맞아서 부은 퇴역 복서의 눈 같았고, 농구공 크기 만한 머리에서는 연기가 뿜어져 나오는 것 같았다. 귓불은 길고 두툼했고 어깨는 넓적했으며 배는 동그렇게 튀어나와 있었다. 옅은 회색빛이 도는 헐렁한 승복을 입은 그가 나를 향해 성큼성큼 걸어들어왔다. 한마디로 그는 승복을 입은 사자였다.

우리는 방 한가운데에 마주보고 앉았다. 스님은 전기 주전자에 물을 붓고 콘센트에 플러그를 꽂았다. 그리고 작은 은색 봉지에서 바싹 말린 녹차잎 한 움큼을 집어 차 주전자에 넣었다. 나는 무릎에 손을 얹고 앉아 있었다. 천장을 올려다보다가 다리를 바라보고, 양 옆을 바라보다가 그를 보았다. 전기주전자 물이 따뜻해지면서 윙윙거리는 소리가 났다. 스님은 나를 쳐다보지 않았다. 스님은 고요하게 앉아서 입을 다문 채 아래를 내려다보고 있었다. 그는 코로 숨을 거칠게 내쉬고 있었고 굵고 낮은 헛기침을 할 때마다 그 리듬은 거칠게 깨졌다.

전기주전자가 끓어오르기 시작했다. 스님은 도자기 그릇에 있는 뜨거운 물을 찻잎이 담긴 주전자에 부었다. 떫지 않고 담백한 차 맛을 내려면 정확한 물 온도와 적절한 타이밍이 중요하다. 잠시 후 그는 흰색 도자기 잔에 차를 따랐다.

"기막히네요."

내가 홀짝 맛을 본 뒤에 말했다. 부드럽고 고소한 맛이었다.

"그렇네요. 맛 좋네요."

_J가 웃으며 말했다. 그리고 다시 물을 식히기 위한 도자기 그릇에 뜨거운 물을 부어서 다음에 마실 차를 준비했다. 나는 서울대학교에서 영문학과를 다닌 것을 이야기했다.

"엄마가 이미 말씀드렸겠지만, 저는 불교와 같은 동양철학을

공부하고 싶은데 동양철학에 대해 잘 알지 못해요. 엄마가 대행스님에 대해서 이야기해 주셨지만 다 이해하지는 못하고 있구요…”

“괜찮아.”

그가 바로 답했다.

“부처님의 가르침을 이해하지 못하더라도 모르는 걸 ‘주머니’에 일단 담아놔. 너의 이해의 수준이 가르침의 수준과 매치가 되면 그 때는 알게 되지.”

이 얼마나 명료한 대답인가. 그의 답변은 불교개론 강의로 빠지거나 해서 나를 짜증나게 하지 않았다. 나는 그가 ‘가보고, 해보고’ 난 개인적인 경험을 바탕으로 말하고 있다고 느꼈다. 그것은 내가 듣고 싶고 좋아하는 솔직함이었다. 그는 ‘알지 못함 조차도 집착하지 말라.’라고 조언하고 있었다.

우리는 다시 차를 한 모금 마셨다.

“불교를 제대로 공부하려면 한국에서 석사를 하는 게 나아.”

“그래요? 근데 저는 캐나다에 있고 싶어요.”

“왜?”

“가족과 친구들이 다 여기에 있으니까….”

스님은 레몬을 한입 베어 문 것처럼 코를 찡끗했다.

“너, 아직도 어리군.”

그의 목소리는 나를 한심하게 보는 말투였다. 순간 그에게서 아버지의 모습을 보았다. 나는 아무 말도 하지 않았다. 한국에서 4

년이라는 긴 시간을 견뎌온 것에 대하여 잔뜩 부풀어 오른 자긍심이 그 순간에 푹하고 꺼졌다.

"그러면 내가 더는 할 말이 없지…."

그는 약간 빈정거리는 투로 말했다. 그가 옳았다. 내가 단지 고향의 안락함이 그리워서 한국으로 돌아가는 것을 원하지 않는다면 그것은 비겁한 구실에 불과했다. 무엇보다 훌륭한 사람의 징표가 아니었다. 나는 나의 운명에 가까이 다가가서 훌륭한 사람이 되기를 원하고 있었다.

나는 새로운 호기심이 생겼다. 스님께 물었다.

"한국에서 석사를 한다면 어디에서 해요? 서울대학교에서 석사학위를 받으려면 종교학이나 철학과를 졸업해야 하지 않나요?"

"아마 동국대학교는 그렇지 않을걸. 다만 선수과목이 있을 수도 있지."

"아? 그 동국대학교요?"

오래 전에 학교 이름은 들어본 적은 있었으나 서울에 있는 외국인들에게 잘 알려지지 않은 학교로만 알고 있었다. 그러나 스님이 그 학교에 대하여 계속 설명하기 시작하자 내 머리는 어느새 많은 생각들로 차오르기 시작했다. 나는 지혜가 충만하고 깨달음을 얻은 금욕적인 스님들이 공부하는 곳, 신비주의와 지혜의 향이 캠퍼스 가득한 지상낙원을 떠올리기 시작했다. 마침 스님도 곧 한국으로 돌아가서 한 산사에 거처할 것이라고 했다. 내가 만약 동국대학교에 가기로 결정한다면 대학원에 들어가기 전 몇 달 동안 스님의 거처에 머물면서 불교를 공부할 수 있도록 도와주겠다고 했다.

출가를
꿈꾸다

그날 저녁, 나는 좀처럼 잠이 들지 못하고 밤새 몸을 뒤척였다. 낮에 만나본 교무스님에 대한 인상이 너무나 깊게 내 뇌리에 자리잡았다. 그는 자신이 원하는 충만한 삶을 살고 있는 것처럼 보였고 자신만만하고 당당했다. 나는 그 스님처럼 되고 싶었고, 필요하다면 그의 곁에 있으면서 불교의 가르침을 천천히 흡수하여 배우고 싶었다. 스님처럼 자신감 있고 당당하게 살고 싶었으나 나는 먹구름이 잔뜩 드리운 상태였다. 여전히 모호한 정체성을 찾아다니고 있었고 미래에 대한 불확실성이 머리속을 찌르고 있었다.

그러다 그의 확신에 찬 기운이 스님의 생활방식에서 나오는 것이 아닐까 하는 생각이 들었다. 스님이 되기 위해 얼마나 많은 희생을 감수해야 하는지 나는 알고 있었다. 사랑에 빠질 때의 아찔한 느낌들을 더 이상 느낄 수 없게 될 것이며 자식도 없고, 세속에서 유명해지는 꿈도 버려야 한다는 것을 알고 있었다.

반면 그 희생의 대가가 무엇인지 떠올려 보았다. 세상의 욕망들을 흘려보냄으로써 스님들은 더 이상 그것들로 인한 스트레스를 받지 않아도 될 것이다. 직업과 정체성을 찾는다고 부질없는 시간을 보내지 않아도 될 것이다. 아무것도 바라지 않음으로써 지극한 만족감을 가져다 주는 내면의 확신 같은 것이 자연스럽게 흘러 넘칠 것이다. 나는 '월든'처럼 단순하고 자족적인 생활을 하면서 살고 싶었다. 이렇게 살다보면 마지막에는 어떤 정신적인 깨달음에 이르게 되어 영원한 지복에 이를 것 같았다. 깊은 산속에서 스님의 1대1 지도를 받아서 명상을 한다면 그렇게 될 수 있을 것 같았다. 나의 마음 속 깊은 곳에서부터 그렇게 할 수 있다는 느낌을 받았다.

이번에 서울로 가면 다시 겪어야 할 스트레스들이 문득 생각났다. 한국어 실력이 크게 좋아졌다고는 하지만 과연 대학원을 다닐 수 있는 수준일까? 최소한 2년을 한국에서 가족과 토론토 친구 없이 또 견딜 수 있을까? 이번에는 혼자일 것이다. 한국에서 함께 지내던 누나는 나와 같은 시기에 생물학과를 졸업했고 앞으로는 토론토에 머물 것이 분명했다. 말인즉, 내가 집으로 돌아왔을 때 편안하게 영어로 잡담할 수 있는 상대가 없다는 것을 의미했다. 그럼에도 불구하고 내 심장은 지상낙원에 살면서 깨달음을 얻기를 원하고 있었다. 나는 나의 일대기를 끼워 맞추기 시작했고, 머리에서는 이미 대 서사시가 완성되었다.

세속적인 일들에 대한 허무함에 지친 나는 아시아 불교의 중심지인 한국으로 돌아와 스님에게 전통적인 수련을 받는다. 치열한 수행을 통해 어떤 순간에도 고요하게 있을 수 있는 능력을 배워 감정적인 집착의 사슬에서 벗어난다. 수행에 더 깊이 들어가고 싶은 열망으로 고요한 산 속에서 완전한 고독에 빠진다. 그곳에는 오직 나와 회색 승복 그리고 겨울 모자 뿐이다. 수행자로서 나는 자연과 하나 됨을 느끼고 자족적인 삶에 깊은 만족을 느낀다.

다시 한 번 나의 운명을 찾은 것 같은 안도감으로 마음이 따뜻해졌다. 드디어 다시 한국으로 돌아가야겠다는 결심이 섰다. 내가 가진 꿈의 단 한 조각만 성취한다 하더라도 진정한 행복으로 좀 더 다가가는 것이라는 확신이 들었다.

나는 이 결심을 부모님께 알리기 위해 두 분이 일터에서 돌아오기를 기다렸다. 스님이 되어 학승이 되려 한다는 이야기는 당분간 석사학위를 얻을 때까지 보류하기로 했다. 부모님은 1년 전 코너 마트를 정리하고 지금은 우체국을 관리하고 있었다. 하지만 우리는 여전히 그 가게 2층에서 살고 있었다.

"아, 그래?"

한껏 처진 어깨와 피곤한 얼굴을 한 엄마가 말했다. 시간은 5시 반이었고 엄마는 막 문을 열고 집 안으로 들어서던 참이었다. 그녀는 반달 모양을 한 엷은 푸른색이 도는 소파에 가방을 내려놓았다. 이 소파는 옆에 이어져 있는 밤나무 소파와 아무리 생각해도 어울리지 않는다. 엄마의 목소리에는 아무 감정이 없었다.

"그렇지. 네가 원래 동양철학을 공부하고 싶어 했지."

엄마의 갈색 울 코트가 미끄러지듯 아래로 흘러 내렸다. 엄마는 소매를 접어 올리며 부엌으로 가려다 말고 나의 두 손을 잡았다.

"그런데, 2년이나 더 집을 떠나서 살 수 있겠어?"

"예스, 엄마."

나는 엄마에게 건성으로 대답했다. 나는 엄마의 마음이 두 갈래로 갈라져 있다는 것을 알고 있었다. 엄마는 자식이 혼자 살면서 더 큰 어려움을 겪는 것을 보고 싶지 않았다. 하지만 한편으로 그녀의 창백한 얼굴 뒤에는 기쁨이 감춰져 있다고 나는 확신했다. 내가 고국으로 돌아가 한국의 문화를 탐구한다는 기쁨도 있었겠지만, 엄마가 지극하게 믿고 있는 부처님의 가르침을 공부하고자 한다는 사실이 더욱 기뻤을 것이다. 엄마는 불교가 우리의 인생에 답변을 제시하고 있다고 믿었으며 우리에게 가장 중요한 것은 진정한 내면의 평화라고 생각했다. 그리고 내면의 평화를 통해 불교의 궁극의 목표인 윤회와 죽음의 극복, 그래서 돌고도는 윤회의 굴레를 벗어나 대자유를 맛봐야 한다고 말했다.

이러한 관점은 엄마가 세상을 다르게 바라볼 수 있게 만들었다. 그녀의 시각에서는 살아가면서 우리에게 일어나는 모든 일들은 우리가 넘어야 할 업의 장애물이었다. 장애를 극복하는 시기도 중요했다. 그녀는 인간만이 윤회에서 벗어나는 것이 가능하고, 한 생은 눈 깜빡할 새에 지나간다고 힘주어 말했다. 그래서 편한 직장을 얻고, 행복한 가정을 꾸리고, 하얀 울타리에 둘러싸인 집을 마련하는 것보다 우리가 불교수행을 하는 것이 그녀에게는 더욱 중요했다. 그런 면에서 엄마는 전형적인 한국 엄마들과는 달라도 너무 달랐다. 지나가는 말처럼 엄마는 내가 스님이 된다고 하더라도 '정말 좋다.'고 말했다.

"하나를 계속해서 꿰뚫어 전문성을 가지는 것은 좋은 거야."

그날 밤 아버지는 방으로 들어와서 이렇게 말했다. 아버지는 내가 서울대학교가 아닌 동국대학교를 가겠다는 것에 대해서는 크게 관심이 없어 보였고, 오직 내가 공부를 더 하고 싶어 한다는 사실을 기뻐했다. 나는 서랍장 위에 있는 밥솥만한 작은 TV로 토론토 프로하키팀인 메이플 리프 경기를 보면서 침대에 누워 있었다. 아버지의 레이저를 쏘듯 가늘게 뜬 눈을 보고 그가 부자지간의 중요한 대화를 원한다는 사실을 느끼고 TV 음량을 낮췄다.

"성공의 비결은 한 분야에서 최고가 되는 거야. 그렇게 한다면 굶을 일은 없어. 도서관에서 산다고 생각하고 많은 책을 읽고 공부해라. 내가 너를 백퍼센트 지원할 테니까… 알겠니?"

사실 내 마음 깊은 곳에서는 내가 부모님으로부터 많은 축복을 받은 동시에 너무 응석받이로 자랐다는 것을 알고 있었다. 응석받이로 큰 것에 대한 죄의식은 사회에 훌륭한 일을 하여 보답하리라고 나 자신에게 약속하면서 정당화했다.

어느 날 드물게도 동생 희재가 집에 있었다. 그녀는 몬트리올에 있는 맥길대학교를 다니다가 3월이 되어 일주일 동안 쉬는 방학 기간(Reading Week)을 맞아 집으로 돌아왔다. 그녀는 대학 영문학과 1학년생이었다.

나는 동생 방의 플라스틱 미닫이문을 두들겼다. 잠시 뒤 문이

확 열렸다.

"하이, 글렌."

동생 희재는 아예 한국식 호칭인 오빠라는 말을 어색해했다. 한국에서는 당연히 내가 오빠로 불리우지만 캐나다는 무조건 이름만으로 통하는 나라인 것이다.

그녀가 활기 넘치는 목소리로 말하면서 앉아 있던 책상으로 돌아갔다. 나는 침대에 걸터앉았다.

"나 몇 주 후에 한국으로 돌아가."

"응 그러게… 와우…."

그녀는 나를 향해 몸을 돌리며 말했다. 길고 검은 머리카락이 그녀의 가는 턱선을 타고 미끄러지면서 그림자를 만들었다. 그녀의 검은 눈은 믿을 수 없다는 듯이 반짝이고 있었다.

"돌아간다니 진짜… 나는 그렇게 못할 것 같아."

그녀는 오른손으로 책상 위에 있는 펜 하나를 집고 종이에 뭔가 낙서를 하고 있었다. 나는 지난 4년간 동생을 거의 보지 못했다. 대학생활이 그녀를 좀 더 차분하고 성숙하게 만들었다고 생각했다. 내가 아는 희재는 항상 명랑했고 기분이 업 되어 있는 애였다. 누나보다 좀 더 작았지만 그녀의 모습은 점점 누나를 닮아가고 있었다.

"흠… 불교를 공부하려면 그만큼 희생이 필요한 거지 뭐."

나는 눈썹을 치켜 뜨면서 말했다.

"그래, 그게 글렌이야. 뭔가를 하면 언제나 그것에 집착하지.

내 말이 맞지?"

　　그녀의 마지막 한마디가 방 안을 울렸다. 나는 그것을 열정이라고 생각했지 한 번도 집착이라고 생각해 본 일이 없었는데 말이다.

두번째 이야기

현실과
이상의
세계

집중, 그것이 진리다.　　갔 다 와 야 알　수　있 다

광명선원에서
지낸 날들

'똑 똑 똑 똑 또르르르~~~'

새벽 3시 반. 스님의 도량석 소리는 한창 잠에 빠져 있는 대중을 깨우고 고즈넉한 산사의 고요를 일순간 물리쳤다. 충북 음성 오룡산에 깃든 광명선원은 서울에서 단 90분 거리였지만 나는 완전 다른 세계로 시간여행 온 기분이었다.

스님의 발걸음이 내 방 쪽으로 다가오면서 염불 소리와 목탁 두드리는 소리가 점점 커졌다. 그 매혹적인 소리는 얼른 새벽 예불에 참석하라고 유혹하고 있었다. 나무 격자틀로 된 유리문 너머로 미끄러지듯 지나가는 스님의 실루엣이 보인다. 나는 게슴츠레한 눈으로 기어가 유리문에 코를 갖다 대었다. 동트기 전의 어둠 속으로 스님의 모습이 사라지자 염불소리와 목탁소리도 함께 사라졌다. 가슴이 뭉클해져왔다. 아무도 보지 않지만 자신의 믿음과 의무를 다하기 위해 어둠을 뚫고 고독하게 걸어가고 있는 스님의 모습,

바로 한국불교 역사의 이름 없는 영웅이었다.

그렇다 치고… 아직 3시 반밖에 안되었잖아! 나는 밤새 따뜻하게 데워진 요로 기어들어가 이불을 어깨까지 덮고 얼마동안 앉아 있었다.

"하, 참, 이게 생각보다 힘들겠는데…."

나는 눈을 비비고 하품하면서 중얼거렸다. 아직 잠을 완전히 떨쳐버리지 못했지만 겨울 재킷을 입고 대웅전으로 향했다. 대웅전은 숙소에서 돌계단 몇 개 내려가서 있었다. 가장 가까운 화장실이 마당 건너편에 있는 사무실 건물에 있었기 때문에 양치나 세수를 할 수 있는 시간적인 여유는 없었다. 바깥으로 나오자 소나무 향이 가득한 새벽 공기에 정신이 번쩍 들었다. 이 얼마나 상쾌한가. 지난 4년 동안 200만 대 이상의 차와 수많은 굴뚝에서 뿜어내는 서울의 매연을 들이마시며 살았다고 생각하니 몸서리가 쳐졌다.

나는 대웅전 옆문에 신발을 벗어 놓았다. 맨들맨들한 나무 마루 위에 놓인 갈색 방석이 나를 반겼다. 나는 남성 신도를 위한 자리인 오른편 맨 마지막 줄에 놓인 방석으로 향했다. 여성 신도들의 자리는 왼편에 마련되어 있었다. 예를 갖춰 불단을 향하여 세 번 절을 하고 나서 방석에 앉았다. 밤새 얼어 있던 방석의 차가운 기운이 청바지에 스며들어 살이 아려왔다. 나는 추위에 몸을 떨며 주머니에 손을 넣고 어깨를 움츠렸다. 숨을 내쉬는 것이 보이고 심장 뛰는 소리가 들렸다. 법당 안을 둘러보니 눈을 감고 머리를 숙이고 방석에 앉아 있는 사람들이 보였다. 이들은 지난밤 절에 들어온 불자들일 것이라 짐작했다.

회색 승복 위에 붉은 밤색 가사를 걸치고 있는 스님들은 맨 앞줄에서 무릎을 꿇고 앉아 있었다. 불단 위에는 천장에서 내려오는 불빛을 받아 번쩍이는 황금 불상이 조용히 앉아 있었고, 그 뒤에는 양각으로 새긴 한국 조사스님들의 모습이 웅장하게 받치고 있었다. 부처님의 자애로운 표정은 결코 변하지 않는다. 이런 꼭두새벽에도 언제나처럼 고요하게 미소짓고 있다는 사실에 빙긋 웃음이 났다.

한 스님이 천천히 일어나서 옆으로 가더니 법당 내 좌측에 위치한 흑청동으로 된 거대한 종 앞에 무릎을 꿇고 앉았다. 잠시 앉아 있던 스님은 두툼한 채를 들어올려 부드럽지만 점점 빠르게 종을 쳤다. 종소리는 점점 커지더니 나중에는 우레 같은 소리를 내며 울렸다. 아침예불이 시작된 것이다.

마하반야바라밀다심경 관자재보살
행심반야바라밀다시 조견오온개공…

이윽고 모든 대중들이 한국불교와 동아시아 불교에서 사랑받는 반야심경을 독송했다. 나는 이 시간을 좋아했다. 반야심경을 독송한다는 것은 예불이 끝나간다는 것을 토론토의 법당에서부터 알고 있었기 때문이다. 예불이 끝난다는 것은 다시 잠자리로 돌아갈 수 있다는 것을 의미했다. 예불이 끝나자 우리는 세 번 절을 하고 몇 분간 좌선을 했다. 그리고는 저려오는 무릎을 일으켜 세워 1시간 정도의 꿀잠을 자기 위해 바로 방으로 돌아갔다. 잠시 눈을 붙인 후에는 일어나서 세수를 마치고 새벽 6시 아침 식사 시간에 맞춰 공양간으로 가야 했다. 제때 가지 못하면 점심 때까지 굶어야 했기 때문이다.

여러 개의 식탁이 놓인 식당은 식사시간에는 스님과 신도의 자리가 따로 마련되어 있었기 때문에 스님과 나는 떨어져서 식사를 했다. 절에서는 흰쌀밥과 야채로 만든 국과 나물로 구성된 채식 식단이 준비되었다. 식사를 마치고 나니 스님이 다가와 어깨에 손을 얹고 사무실 2층으로 오라고 말했다. 나는 식판을 부엌으로 내놓은 뒤 바로 2층으로 올라갔다. 그곳은 카펫이 깔린 탁 트인 공간으로 오른쪽 구석에는 피아노가 있고 왼쪽 벽을 따라 의자 2개와 나무로 된 접이식 책상이 양쪽에 있었다. 강당은 넓고 탁 트인 만큼 허허롭고 텅 비어 있었다. 나는 신발을 벗고 책상으로 가서 의자에 앉았다.

잠시 뒤 쿵쿵 소리가 났다. 스님이 도착한 것이다.
스님은 여러 권의 책을 안고 들어왔다.
"이거 한번 봐봐."

그가 내가 앉아 있는 쪽으로 책들을 내려놓으며 말했다.

"네 목표는 이 책에 있는 한문을 다 배우는 거야. 여기 선원에 있는 동안 천자문을 다 외워야 해."

스님은 절대적으로 내가 소화하기 힘든 숙제를 주문하는 것이었다. 한문이 무엇인지는 알지만, 몇 개나 배워야 된다고?

"아, 1,000자요? 굉장히 많네요."

그는 덤빌 테면 덤벼보라는 눈빛으로 나를 바라보며 말했다.

"동국대학교를 다니기 위해서는 최소한 이 정도 한자는 알아야지. 9월에 학기를 시작한다면 시간이 별로 많지 않아."

스님의 설명에 따르면 동국대학교에서는 한문으로 쓰인 불교경전을 자주 본다는 얘기였다. 그 말이 사실이라면 내게는 너무 벅찬 것이었다. 한국 사람이 고등학교를 졸업하면 거의 2,000자의 한자를 읽고 상당히 쓸 수도 있다고 들었다. 게다가 한국어의 60퍼센트 정도가 한문에서 왔다고 하니 미래의 내 대학원 동기들이 얼마나 더 많은 한자를 알고 있을지 상상조차 할 수 없었다. 반면, 나는 단 한 자의 한자도 알지 못했다.

"한문은 나도 같이 공부할 거야."

스님은 책상 위에 놓인 책을 분류하였다. 그의 코에서는 거친 숨소리가 들렸다.

"아, 네, 알겠습니다….."

나는 충격을 드러내지 않으려 노력하면서 대답했다. 스님은

나를 올려다보면서 다시 말했다.

"승려로서 나도 한문을 배워둬야 해. 나도 잘 모르기는 마찬
가지야."

그때 처음으로 스님에게도 취약한 부분이 있다는 것을 알게
되었다. 스님과 나는 예불에 참여하고 공양 할 때를 제외한 모든 시
간을 한자를 읽고, 쓰고, 한 자씩 소리내서 읽는 데 시간을 보냈다.

사실 나는 스님이 어느 날 지혜의 여의주를 토해내고 그 여의
주가 갈라져서 나를 사로잡기를 바라고 있었다. 아니면 나의 동공
을 확장시킬 만한 놀라운 문구를 경전에서 찾아주거나, 그것도 아
니라면 몸과 마음을 다스리는 최적의 참선법을 알려줄 것이라고

생각했다. 그렇게만 된다면 나도 스님처럼 자신감이 넘쳐흐르고 현재의 순간에 마음을 모으고 살 수 있을 것만 같았다. 그것은 나에게는 자유를 얻는 순간이자 깨달음의 순간일 것이었다.

그러나 그런 날은 결코 오지 않았다. 대신, 스님은 연필을 쥐고 내 앞에서 책에 머리를 파묻고 앉아 있었다. 그리고 나는 洪(홍)이나 荒(황)과 같은 직선과 구불구불한 선들을 하루 종일 바라보고 있었다. 나는 내가 '베스트 키드(The Karate Kid, 1984년 제작된 사춘기 소년의 성장 영화)'의 주인공인 랄프 마치오이고, 스님은 주인공에게 무술 훈련을 시켜주는 미야기씨와 같다는 생각이 들었다. 차에 '왁스를 칠하고 닦아내는 훈련(Wax on and off: 무의미한 행위를 보여주는 영화의 중요한 장면)' 대신, 나는 하늘천(天) 따지(地)를 웅얼거리고 있었다. 영화와 다른 점이라면 미야기씨가 나와 함께 왁스를 칠하고 닦아내기를 반복하고 있다는 것이다.

그렇게 4주째, 나는 하루 종일 2층 홀에서 시간을 보냈다. 스님은 불교용어를 번역한 종합한영사전 출판과 같은 소임을 보는 데 불려갔고, 내가 잘 하고 있는지 보기 위해 한 번씩 들르곤 했다. 어떤 날에는 단조로운 일상에서 벗어나 스님의 다른 소임을 도왔다. 아주 가끔은 저녁 시간에 승복 바지에 흰색 속옷만 위에 걸친 스님이 얼굴 가득 미소를 머금고 한 손에 음식이 담긴 쟁반을 들고 쿵쿵거리며 방으로 들어오기도 했으며 한 밤중에 피자가게에서 피자를 주문하면 내 것을 조금 남겨 갖고 왔다.

광명선원은 서울 근교 안양에 본원이 있는 한마음선원 지원 중 하나였다. 그곳은 방대한 산 속 구릉지대의 소나무가 둘러싸인 곳에 지어진 한국 전통 건물이다. 맨 위에는 대웅전이 자리 잡고 있었다. 대웅전 벽은 황토색으로 칠해져 있었고, 위쪽으로 치켜 올라간 지붕 처마는 샴록그린색과 새빨간색, 주황색이 복잡하게 어우러진 강렬한 단청이 칠해져 있었다.

대웅전은 화강암 계단으로 아래까지 연결되어 있었는데 계단 맨 아래에는 두 마리의 작은 수호사자상이 양쪽에 있었다. 각각의 사자는 대웅전으로 드나드는 사람들을 '검열'하고 있었다. 나는 사자상이 저렇게 위협적인 표정인 것은 우리가 자존감이 있는지 검열하고 있기 때문이라고 생각했다. 대웅전 왼편에는 6미터 높이의 하얀 화강석으로 조성된 관세음보살상이 오른 손바닥을 바깥으로 향하도록 들고 서서 방문자들을 자비롭게 맞이하고 있었다.

비탈길을 따라 50미터 아래에 있는 사찰 입구까지 걸어 내려가면 길 오른쪽으로 약 3만 평이 넘는 대지에 신도들의 직계조상 3대까지를 모시는 화강석 석탑이 줄지어 서 있었다. 불교식의 합동묘지였다. 붉은 벽돌로 지어진 사무실 건물까지 돌아 올라오면 안쪽에 20명 이상의 행자와 스님들이 머무는 요사채가 있었다. 그곳은 정신적인 수련을 위하여 세속의 즐거움과 가족을 떠나온 수행자들이 거주하고 있었고, 평신도의 출입은 금지되어 있었다. 사무실 1층의 공동 부엌 옆에는 선원에 거주하면서 주방일이나 건물 유지에 필요한 일을 돕는 봉사자들이 살고 있었다. 대체로 광명선원은 주변 마을에서 오는 신도들보다 수행자들의 수가 더 많았다.

선원을 떠나
다시 세상 속으로

광명선원은 금욕적인 곳이었으므로 군대처럼 엄격한 분위기였다. 이곳은 행동규범과 예의범절을 엄격하게 지켜야 했고 스님들은 물론 선원에 거주하는 수행자나 방문자 모두 하루 3번의 예불과 3번의 공양시간을 정확하게 지켰다. 교무스님은 훈련담당 하사관처럼 내가 규칙과 일정을 잘 지키고 있는지를 감독하고 있었다.

그동안 나는 산사는 산속에 있는 정신적인 리조트 같은 곳이고, 방문자들은 도시의 복잡함과 스트레스에서 벗어나 편안히 쉴 수 있는 곳이라고 상상했다. 아름다운 자연에 둘러싸인 그곳에서는 명상을 하거나 차를 마시면서 서예나 인생을 논하는 등 정신적인 가치만을 추구하는 줄 알았다. 하지만 나의 상상은 완전히 빗나갔다. 공유 공간에서 내가 본 스님은 주로 갈색 행자복을 입은 행자님들이었고, 나는 그들이 요리, 청소, 바닥쓸기와 같은 집안일이

나 무언가를 들어 올리고 고치는 등의 잡일을 하지 않는 날을 본 적이 없었다. 그들은 절 살림을 맡아하는 재가 봉사자들과 함께 일을 했다. 나처럼 하루 종일 앉아서 읽고 쓰기만 하는 것에 비하면 그들은 적어도 쉬지 않고 움직이고 있었기 때문에 활력이 넘친다는 생각이 들었다. 오래 앉아 있을수록 나는 교무스님처럼 몸무게만 불어날 뿐이었다.

아주 가끔은 숙소에서 거의 나오지 않는 스님들을 우연히 바깥에서 뵙기도 했다. 나는 그들이 방에서 집중수행을 하고 있거나 아니면 절을 위한 큰 프로젝트를 진행하고 있을 것이라고 생각했다. 내가 찾아갈 때면 보통은 아주 짧은 대화만 나누었다.

어느 날 아침, 스님이 나를 보러 2층으로 올라왔을 때 여기 있는 사람들이 항상 바쁜 것이 놀랍다고 말하자 이렇게 말했다. "여기서 한가하다고 생각한다면 시간이 남아돈다는 거야."

주말에는 자유시간이 주어졌다. 첫 한 달은 주말이면 서울에 있는 전세 아파트 집으로 돌아갔다. 스님이 주말에 서울에 가는 대신 근처 시내에 머물면서 불필요한 분산을 최소화하라고 했을 때 나는 폐쇄공포증에 걸린 것처럼 뭔가에 갇힌 듯한 느낌을 받았다. 그 말을 들은 후 토요일이 되자 걸어서 20분 정도 걸리는 시내로 가서 주변에 무엇이 있는지 돌아보기로 했다. 동네의 중심 거리에는 빈 상점과 식당이 줄지어 있었다. 이삼층짜리 상가 건물 외벽은 먼지가 쌓여 색이 바래져 있었고 간혹 차들이 지나다녔다. 길을 걷다보니 이따금씩 작은 구멍가게와 식당으로 사람들이 드나들고 있는 것이 보였다. 맥도날드는 고사하고 서양식 패스트푸드점은 어디에도 보이지 않았다. 서울의 번쩍이는 네온사인과 고층건물, 혼잡한 모습과 비교하면 이 곳은 너무 황량하고 조용했다.

나는 의지를 북돋우면서 절에서 2달을 더 보냈다. 내가 여기서 정말 행복한가에 대한 의문이 떠오를 때마다 온 힘을 다해 그 생각이 온 곳으로 떠밀어 버렸다. 내가 꿈에 그리던 삶을 살고 있는 것이라는 사실을 떠올리면서 잘 견뎌내야 한다고 다짐했다.

'글렌. 너는 강하고 독립적이야.
너는 우정과 같은 사소한 것을 초월했어.
네가 스님처럼 살고 싶어한다는 것을 기억해야 해.'

나는 부정에 부정을 하면서 살았다. 그러나 절에 머물고 두 번째 달이 끝나갈 때쯤, 본심은 더 이상 나의 감정을 부인할 수 없게 되었다. 이들은 불한당이 되어 본심을 알아달라고 요구하고 있었다. 나는 집을 그리워하고 있었다. 캐나다는 바라지도 않았고 서울에 있는 안락한 편의시설이면 되었다. 나의 TV, 수세식 좌변기 (절에서는 재래식 화장실을 사용했다), 밝은 불빛과 고층건물, 거리에 북적이는 사람들, 학교에서 술을 마시며 밤을 같이 보냈던 친구들, 긴 머리를 뒤로 넘기며 나를 설레이게 하던 데이트 상대자들, 고전적 스타일의 기름기 그득한 미국식 패스트푸드들…. 결국 나는 스님에게 주말에는 서울로 아주 돌아가겠다고 말씀드렸다.

동국대학교
선학과 입학

　　　　　길에서 행인들이 내 어깨를 툭 치고 지나갔다. 자동차들은 사방에서 경적을 울려댔다. 배기가스와 대기가 나의 코 속에 가득했다. 눈부신 네온불빛이 집에 도착하고 나서도 나의 각막에 남아서 춤을 추고 있었다.

　'아~ 서울로 돌아오니 이렇게 좋구나.'

　나는 들뜬 마음으로 동국대학교 입학을 기대하고 있었다. 절에서 돌아온 나는 바로 동국대학교 선학(禪學)과에 지원했다. 얼마 지나지 않아 스님이 말했던 것처럼 선수과목 이수가 필요하다는 단서가 붙은 외국인 학생을 위한 특별 입학허가를 받았다. 1996년 가을, 나는 몇 달 후면 새로운 공부를 시작하는 것이었다. 나는 최근 읽은 〈경덕전등록(The Transmission of the Lamp, 송나라 도원이 지은 불서)〉과 〈애꾸눈 수도승(Zen Flesh, Zen Bones, 중국과 일본, 인도의 선 이야기)〉의 영향으로 선에 대한 관심이 고조되어 있었다. 널찍한 곳에

방대한 양의 영어원서를 보유하고 있는 교보문고가 있다는 것에 감사했다.

고대 중국 선사에 관한 이야기들은 내가 가지고 있던 수행자에 대한 이미지를 완전히 뒤흔들어 놓았다. 그들은 거칠고 거리낌 없으며 예측이 불가능했다. 나는 책을 통해서 그들의 삶을 들여다보면서 대리만족을 느꼈다. 나는 특히 파이모엔(Pi Mo Yen)이라는 승려의 이야기를 좋아했다.

중국 오대산에 있는 절에 머물던 승려 파이모엔은 항상 나무로 된 삼지갈퀴를 가지고 다녔다. 어떤 스님이 그에게 다가와서 가르침을 바란다는 뜻으로 인사를 하면 그는 갈퀴로 그 스님의 목을 잡고 '어느 악마 놈이 너로 하여금 세속을 떠나게 만들었느냐? 어느 악마 놈이 너를 순례자가 되게 만들었느냐? 네가 이 갈퀴 밑에서 선(禪)에 대해 한마디 할 수 있으면, 너는 죽는다. 만약 네가 선에 대해 한마디 할 수 없어도, 너는 죽는다. 자! 뭐라고 말해 보거라!'

그 질문에 답을 할 수 있는 제자는 거의 없었다.

이야기의 큰 뜻은 이해하기 어려웠으나 이 글을 읽으면서 나는 지난 몇 달간 광명선원에서 승려로서의 기본적 삶을 버티지 못한 데 대한 죄책감은 많이 줄어들었다.

동국대학교 캠퍼스는 내가 상상한 것처럼 신비한 지상낙원은 아니었다. 그곳은 언덕 위에 지어진 회색 또는 갈색 콘크리트 건물로 전형적인 한국 대학교 캠퍼스였다. 서울대학교와 비슷했지만 규모는 그 반 정도 되었다. 독특한 점이 있다면 동국대학교에는 캠퍼스 중앙에 정각원이라는 법당이 있다는 것이었다. 정각원은 한국 전통 사찰양식으로 지었기 때문에 마치 길거리에서 화려한 한복을 입은 여자처럼 눈에 띄었다. 나에게는 친숙한 승복을 입은 학생 스님들을 마주치는 것이 일상적인 풍경이라는 것도 다른 점이었다. 대부분의 스님들은 나와 같은 학과에 다니고 있었다. 내가 속한 선학과에는 나를 포함하여 세 사람만 일반 학생이었다.

　　수업이 시작되는 첫 날 대부분의 대학원 커리큘럼이 원서라는 사실을 알았다. 수업에서는 소그룹으로 나누어서 돌아가며 불교 전통서적이나 최근의 책들을 번역하였다. 대부분 한문이거나 영어로 쓰인 책들이었다. 절에서 했던 훈련이 결국 도움이 되었다. 내가 배우지 않았던 수많은 한자도 공부해야 했으므로 나는 대학 서점에 가서 '옥편'을 샀다. 몇 달 동안 나는 불교의 기초를 하나하나 익혀 나갔다.

　　그런데 얼마 가지 않아 내 머리 속은 불교의 개념적 용어들, 분류법, 체계들로 꽉 차버렸다. 나는 줄 끊어진 우주인이 서서히 심연으로 빨려 들어가는 것처럼 생각의 세계, 개념이라는 명명한 세계를 둥둥 떠다니고 있었다. 무수한 정보가 눈에 쏙쏙 들어오기는 커녕 책에 있는 단어들이 구름처럼 표류하고 있었고, 그 표류하고 있는 단어들을 꼼짝 못하게 잡기 위해 마치 파이모엔의 삼지창 퀴처럼 끊임없는 전쟁을 벌이고 있었다. 옛 선승의 인습타파적인 이야기는 왜 공부하지 않지? 이런 이야기들이 내게는 더 현실적으로 다가왔다. 그 선승들은 지나치게 많은 지식과 사고 그리고 개념들을 오히려 조롱하고 있지 않았던가.

어느덧 나는 과 사무실 조교로 일하면서 동시에 동국대학교 내에 있는 한국불교문화원에서 한영번역을 하며 아르바이트를 했다. 여름에는 외국인을 위한 한국전통음악 프로그램에 1달 동안 참가했고 1주일에 3번은 권투 수업을 받으면서 개념의 독을 씻어냈다.

시원한 바람과 함께 가을이 돌아왔을 때 나는 중고 오토바이를 사기로 했다. 내가 선택한 것은 갈색 125cc 효성크루즈로 핸들이 고리 모양으로 길게 구부러진 오토바이였다. 이 쇳덩어리는 다른 어떠한 교통수단보다도 행복감을 느끼는 데 효과적이었다. 오토바이는 학교생활에만 전념해야 하는 일상과 서울 생활에서 쌓여만 가는 짜증을 진정시켜 주었고 마음의 여유를 가지게 해주었다. 나는 아버지의 비자카드로 300달러를 인출하고 아버지에게는 전공서적을 사야 한다고 둘러댔다. 오토바이를 사려면 60만 원이 필요했기 때문에 아르바이트하면서 번 돈으로 나머지 반을 채웠다.

나는 윤이 나는 새 두발 자전거를 처음부터 보조바퀴 없이 탔던 어린 시절로 돌아갔다. 친구의 도움을 받아 왼손으로 클러치 레버를 잡아당기고 동시에 왼발로 시프터를 위아래로 눌러 기어를 작동하는 방법을 배웠다. 오른쪽 핸들의 손잡이를 쥐어 속도를 내고, 손잡이에 있는 레버를 아래로 눌러 속도를 줄였다. 엔진은 힘과 속도, 통제를 약속하며 콰르릉 거리며 앞으로 나아갔다. 가야 할 곳이 있으면 오토바이에 올라타서 헬멧을 쓰고 출발하면 되었다.

　　한번 길에 들어서면 차들 사이를 휘젓고 다녔다. 내 앞에 있는 수많은 차들과 버스들을 뒤로 하고 이제 갓 만나기 시작한 여자 친구를 만나러 총알같이 날아갔다. 아니면 가끔 롯데호텔 사우나에 가거나 그 위에 있는 하얏트 호텔 빵집으로 가서 헝가리 살라미 소시지, 브리치즈와 바게트 빵을 사기도 했다. 목적지에 도착해서 2m 정도의 공간만 있으면 아무 곳에나 주차해 놓으면 되었다.

　　그로부터 5개월이 지난 어느 오후, 나는 교차로의 신호등이 파란색으로 바뀌자마자 앞으로 나가고 있었다. 바로 몇 초 뒤에 나의 오른쪽에서 끼이익 하는 어마어마하게 큰 소음을 들었다. 나는 본능적으로 브레이크를 잡고 오른쪽을 쳐다보았다. 불과 몇 미터 떨어진 곳에 희뿌연 연기를 뿜어대고 있는 거대한 푸른색 트럭이 나를 노려보고 있었다. 나와 트럭 운전자는 눈이 마주쳤고, 서로 아무 말도 하지 않았다. 내 심장은 쿵쾅거리며 요동쳤다. 거기서 1미터만 가까웠어도 나는 생사를 달리했을 것이었다. 나는 이것을 오토바이를 타지 말라는 뜻이라고 생각하고 바로 오토바이를 처분했다.

어느 날 선학과 조교 업무를 끝내고 밖에서 저녁을 해결하고 집으로 돌아왔다. 거실에서 티비를 보다 스르르 잠이 와 방으로 들어가 잠을 청했다. 그러다 새벽에 갑자기 눈을 떠보니 의식은 깨어 있는데 몸은 마비 상태인 것 같았다. 참 묘한 느낌이었다. 그 와중에도 숨이 막히는 느낌은 없었기 때문에 가위 눌린 것은 아니라고 생각했다. 눈으로는 보이지 않아도 나를 깨운 어떤 존재가 방 안에 분명히 있음을 느꼈다. 언뜻, 외계인들이 나를 납치해 비행접시로 올려보내는 게 아닌가 싶기도 했다. 순간 공포감이 몰려왔다. 몸을 마음대로 움직이지 못하고 눈으로만 재빨리 주위를 둘러보았다. 오른쪽에 친숙한 청색과 녹색의 소파가 보였고 창문 밖은 캄캄한 어둠 속이었다.

잠시 후, 너무나 익숙한 목소리가 귓속으로 흘러 들어왔다.

'집중…'

대행스님의 나직하고 힘있는 목소리였다. 스님의 음성을 듣는 순간 바로 안심이 되었다. 이어서 '그것이 진리다. 갔다 와야 알 수 있다.'는 말씀이 들려왔고 큰스님의 숨결이 점차 옅어지더니 사라졌다. 이내 아늑한 편안함 속에 곧장 잠들어 버렸다. 다음날 아침에 일어나니 어제 밤 일이 선명하게 기억되었다. '집중. 그것이 진리다. 갔다 와야 알 수 있다.'는 큰스님의 말씀이 수수께끼처럼 머릿속을 맴돌았다. 큰스님은 학교공부도 중요하지만 그보다 마음공부를 열심히 하라고 당부하신 걸까.

큰스님이 말씀하신 '집중'은 우리가 흔히 말하는 집중과는 다른 것이었다. 내가 아직 맛보지 못한, 보다 깊은 차원의 집중이며 '갔다 와야 알 수 있다'는 것은 직접 체험하지 않으면 알 수 없다는 뜻일 것이다. 아직 불교수행이나 학문적인 공부나 특별히 잘한다고 할 수 없는 학생이었기에 큰스님이 꿈에 나타나셨다는 것이 굉장히 고맙게 생각되면서 다른 한편 부끄럽기도 했다. 지난번 교무스님 말씀대로 이해를 못하는 큰스님의 가르침은 마음속 주머니 속에 집어넣었다가 마음공부를 계속 하면서 나중에 내 그릇이 받아들일 수 있게 될 때가 오면 진정한 뜻을 알게 될 거라는 생각을 하며 학교생활을 계속해나갔다.

판소리의 세계에
빠지다

우리, 세계적인 음유시인으로 알
려진 미국의 포크싱어 밥 딜런을 떠올려 보자. 밥 딜런이 청중들
앞에서 농익은 어쿠스틱 기타를 연주하면서 '라이언일병 구하기'
의 오마하비치 상륙 장면과 같은 전쟁영화 음악을 연주하는 상상
말이다. 수천 명의 병사들이 해변으로 배를 대다가 속수무책으로
총알받이로 희생된다. 해변에 발을 디뎌보지도 못한 병사들의 시
신이 전함 여기저기 널부러져 있는 장면이 등장한다.

이번엔 무대를 바꿔 한국의 판소리 소리꾼을 상상해 본다. 상
상속의 한국 소리꾼은 생동감이 넘친다. 그는 먼 곳을 표현하기 위
해 접혀진 종이부채를 들어 한쪽 방향을 가리키고, 거대함을 표현
하기 위해 두 팔을 넓게 벌린다. 그리고 곧바로 종이부채를 던지듯
이 펼친다. 무대장치를 위한 그 어떤 도구도 조명도 멋들어진 분장
도 극적인 퇴장이나 입장도 없다. 그저 두 팔과 부채로 기지를 발

휘하는 것이 전부이다.

그는 흰색 한복에 감청색 조끼를 입고 있다. 청중들 앞에 선 그가 쉿소리 나는 목소리로 노래를 시작한다. 그의 목소리는 사자처럼 으르렁거리다가 박쥐의 찌르는 듯한 울부짖음으로 솟구친다. 목에 핏줄이 선다. 그러다가 성난 황소와 같이 그르렁거리며 여러 옥타브를 내려온다. 이번에는 래퍼처럼 크게 울리는 목소리로 말을 쏟아내다가 남자와 여자, 젊은이와 늙은이의 목소리를 흉내 내면서 서서히 느려진다.

어쿠스틱 기타 대신 한국에서는 '북'을 사용한다. '북'은 한국식 드럼으로 연주자는 가수 옆에 대나무 돗자리를 깔고 앉는다. 북 연주자는 세로로 세운 북의 위쪽을 왼손으로 잡고 오른손에 쥔 가는 나무막대로 가죽을 때린다. 둥, 두둥, 둥, 둥. 그러다 북의 위쪽을 때린다. 딱, 따닥, 딱, 딱. 연주자는 소리꾼의 흥을 돋우기 위해 '어얼쑤!'라고 외치며 재빨리 끼어든다.

이제 소리꾼의 상상 속의 시간은 2천 년 전의 극동아시아로 향한다. '적벽가'는 5대 판소리 중 하나로 이 장면은 중국의 '적벽대전'을 판소리로 만들어낸 이야기 중 일부이다. 판소리의 서사문학에는 순결과 순수, 사랑과 용기, 전쟁의 비극, 죽음에서 살아 돌아온 효녀, 말하는 영리한 동물까지 온갖 이야기가 담겨 있다.

소리꾼은 고대 중국 삼국시대의 피비린내 나는 전쟁을 시적

으로 표현하며 감정이 고조되고 있다. 군사들이 탄 나무로 된 배는 불길이 일고 있으며 배 안은 뒤얽힌 사람들로 난장판이 벌어졌다. 군인들의 신앙은 죽음을 맞이하는 순간에는 아무런 도움이 되지 않는다. 하지만 이같은 비극이 펼쳐지는 중에도 소리꾼은 냉소적인 유머를 간간이 섞어가며 실감나게 현실을 풍자한다.

앉어 죽고,

서서 죽고,

가다 죽고,

오다 죽고,

무단(無斷)히 죽고,

남이 죽으니 따라서 죽고,

죽어보면 어떤가 하고 죽고,

오사(誤死), 급사(急死), 객사(客死), 즉사(卽死), 수사(水死), 화사(火死)를 하는데,

어떤 군사는 저 죽을 걸 생각하고 비상덩이를 손에다 들고,

"내가 요런 때 먹고 죽을라고 비상 사다 넣었네."

입에 넣고 아드득 깨물어 사약 하여 죽고,

어떤 군사는 적벽강 뱃머리 잡고,

"아이고 용왕님, 나 참말로 오대독자(五代獨子)요. 살려주시오." 하고 죽고….

사람을 모두 다 국수가닥 풀듯이 풀어, 적벽강이 뻑뻑……

영어로 '신의 음악'이라는 표현을 처음으로 이해하게 된 것은 어느 날 저녁 판소리 공연을 관람하고 난 후였다. 나는 넋을 잃은 채 공연에 매료되어 버렸다. 한순간에 지금까지의 세계와 다른 세계에 빠져 버린 것이다. '내가, 아니 감히 내가 판소리를 할 수 있을까?' '모든 것을 그만두고 판소리를 시작하는 것이 옳은 선택일까?' 이런 고민을 하면서 지금까지의 공부와 정반대의 일을 할 수 있다는 기대로 다시 흥분되었다. 서울대학교 신입생 오리엔테이션 무대에 떠밀려졌던 때의 느낌이 되살아나면서 아드레날린이 치솟고 생동감이 넘쳐흘렀다. 벌써 눈앞에 꿈같은 미래가 다가오고 있는 것이다.

나는 동국대학교 대학원 과정을 수료하기 위해 남아 있는 2개의 세미나 코스를 해낸 다음 학문계를 떠나기로 다짐했다. 판소리에서 성공을 거두지 못하더라도 지금 이렇게 원하는 것을 강하게 추구하는 데는 분명 이유가 있을 것이라고 믿었다. 이번에도, 최악의 상황이 오더라도 '신뢰하고 믿어라, 글렌.'이라는 나의 기도문을 떠올렸다.

판소리 스타일로 노래하는 것을 배우는 것이 너무 약한 내 목소리를 더 강한 것으로 만들 수도 있다. 또 다른 한편으로, 나는 나무이고 나의 경험은 뿌리로 공급되는 영양소라는 생각도 들었다.

결국 그 뿌리가 확장될 수도 있는 것이다. 더 많은 경험을 할수록 나의 성품과 자질 즉 나무의 자양이 더 건강하고 더 울창해질 것이다. 내가 앞으로 어떠한 직업을 추구하든 결국 나는 탁월한 재능을 갖고 해낼 수 있을 것이다.

나는 주변에 물어보고 인터넷으로도 알아본 결과 한국에서 판소리의 거장 중의 거장은 박동진 선생님이라는 것을 찾아냈다. 그 분의 나이는 84세이고 한국에서는 살아있는 전설로 여겨졌다.

명창 박동진은 서울에 작은 전수관을 운영하고 있었다. 그는 이미 고령이었으므로 다음 세대를 양성하는 역할은 그로부터 가르침을 받은 김선생이란 분이 하고 있었다. 한국 전통음악 여름프로그램에서 우리를 지도하던 어느 선생님은 판소리 선생님들이 일반적으로 엄격하기로 유명하다고 경고했었다. 판소리 선생님들이 옛날 식대로 가르친다는 생각에 나는 잠시 머뭇거렸다. 그러나 위대한 소리꾼이 될 수 있다는 생각에 단단히 도취되어 있었으므로 위축된 마음은 옆으로 밀어두었다.

나는 전수관으로 전화를 걸었다. 김 선생님이 간단하게 대답했다.

"이곳은 취미로 판소리를 하려는 사람은 받지 않습니다."

나는 뭐라고 말해야 할지 몰랐다.

잠시 침묵이 흐르더니 그녀는 다소 부드러워진 목소리로 물었다.

"판소리를 정말로 배우고 싶습니까?"

나는 그녀가 '내 말이 무슨 뜻인지 못알아들었어요?'라고 되물을 것만 같아서 작은 목소리로 대답했다.

"네⋯."

"그러면 내일 전수관으로 와서 같이 의논해 봅시다."

숙명 같은 소명을 다시 받드는 것 같아서 나의 얼굴은 밝아졌다.

전수관은 서울의 중심지인 종로의 뒷골목 매우 허름한 건물 2층에 있었다. 전수관으로 올라가는 계단은 어둡고 우중충했으며 한 계단씩 밟고 올라설 때마다 요란한 소리를 냈다. 나는 조심스럽게 계단을 오르면서 어째서 한국의 살아있는 보물이 이런 곳에 있는 것일까 궁금했다. 그러다 불현듯 박동진 명창이 대중들로부터 관심을 받지 못했기 때문이라는 것을 깨달았다. 그가 많은 관심을 받았더라면 더 괜찮은 자리에 전수관이 있었을 수도 있었다.

전수관 입구에 다가서자 안쪽에서 독특하면서도 듣기 좋은 목소리가 희미하게 들렸다. 문고리를 잡으면서 내 가슴은 크게 뛰기 시작했다. '정말로 할 거야? 지금 무엇을 하려는지 알아?' 안에 들어서자 내가 수업 도중에 들어갔다는 것을 그제야 알았다. 색 바랜 고동색 카펫에 앉아서 문하생들에게 북으로 반주를 맞춰주고 있던 선생님이 수업을 멈췄다.

"여기 와서 앉으세요."

아이들은 상체를 돌려서 곁눈질로 나를 보았다. 순간 어른이 판소리를 배우러 온 것에 놀랐는지 아이들의 눈동자가 커졌다.

"네. 알겠습니다."

나는 그들의 시선을 애써 무시하면서 대답했다. 자리에 앉자마자 이번에는 내가 눈을 휘둥그레 뜬 아이가 되어 고풍스러운 향기와 분위기를 풍기는 그곳을 탐색했다. 전설적인 명창 박동진의 발자취를 직접 목격할 수 있는 현장에 있었기 때문에 나는 경외심을 가지고 앉아 있었다. 가운데에는 초등학생으로 보이는 어린이 3명이 근엄하게 다리를 접고 앉아 가르침을 기다리고 있었다. 지금 선생님이 가르치고 있는 여자 아이는 그 중에서 가장 나이가 많아 보였는데 그렇다고 해도 많아 봐야 중학생이었다. 머리에 피어오르던 경외심 가득한 뭉게구름은 선생님의 목소리에 갑자기 터져버렸다.

"여기 음이 맞지 않잖아!"

그녀는 어린 소녀에게 소리쳤다. 그리고 잠시 후에, '소리가 너무 약해.'라고 말하였고, 또 시간이 지난 후에는, '목으로 소리하지 말랬지.'라고 말했다. 그러나 나에게 그 어린 소녀의 목소리는 넋을 빼놓을 만큼 아름다웠다. 선생님은 나를 애들한테 하듯 가르치지는 않을 거라고 달래며 놀란 가슴을 진정시켰다. 나는 어른이고, 취미로 판소리를 배우고 싶어하는(선생님은 그렇게 알고 있었지만 사실은 아니었죠) 초보자이고, 게다가 서양인이잖아.

수업이 끝나자 그녀가 나를 불렀다. 그녀는 30대 중반의 자그마한 여성으로 두툼한 붉은테 안경은 그녀를 더욱 근엄한 얼굴로 보이게 만들었다. 첫인상과는 다르게 대화를 나누다 보니 친절하고 겸손한 사람이었다. 나는 나의 이야기를 조금 들려주었다.

"그럼, 석원씨는 한국 문화에 관심이 있어서 온 거네요. 자신의 뿌리를 안다는 것은 중요하죠."

그녀가 하는 소리가 꼭 엄마와 닮아 있었다.

"네, 그렇지요. 그래서 동국대학교에서 불교를 공부하고 있고, 지금은 판소리를…."

나는 그 다음 주부터 1주일에 두 번씩 수업을 받기로 했다. 그날 저녁 버스를 타고 집으로 돌아오면서 어쩌면 그녀가 나를 진지하게 보지 않고 있을 거라는 생각이 들었다. '얼마나 버티나 보자'라는 생각이 그녀에게 있을 거라고 나름대로 짐작했다. 그러나 나도 그녀의 입장이라면 똑같이 생각했을 것이므로 그녀를 이해할 수 있었다. 그녀의 눈에는 내가 판소리를 배우기 쉬운 진기한 한국 예술 쯤으로 생각하는 서양에서 온 오리엔탈리즘의 태도를 가진 놈으로 보였을 것이다. 하지만 뭐, 나는 그렇지 않았고, 그녀가 잘못되었다는 것을 증명해 보일 것이었다.

혹독한
소리 수업

　　　　　　　　　다음 주에 수업에 참석하기 위해
전수관에 들어서자 어린 학생들이 나의 첫 소리를 듣기 위해 선생
님 옆에 앉아 있었다. 오늘 내가 이들 앞에서 노래를 불러야 한다
는 사실에 몸이 굳었다. 첫날은 개인 수업으로 진행되기를 바랬지
만 그렇지 않다는 것이 분명해졌다. 나를 위해 수업 방식을 바꿔줄
리도 만무했다. 수업은 모든 학생이 돌아가면서 듣고, 상대방의 강
점과 약점을 보고 함께 배우는 방식으로 진행되었다. 한국 사람들
은 다 같이 하는 것을 정말 좋아한다는 생각이 들었다.

　　처음으로 배운 곡은 '춘향가'로, 이 이야기는 양반댁 젊은 도
령이 퇴역 기생의 딸인 춘향과 사랑에 빠진다는 이야기였다. 과거
에는 계급이 다른 사람끼리의 결혼은 금지되었기 때문에 이 이야
기를 듣는 사람들은 그들이 역경을 딛고 사랑을 이루어 나가는 것
에 기쁨을 느낀다.

선생님은 가사가 밑에 쓰여 있는 판소리 악보를 내게 주었다.

"이 악보에 있는 첫 번째 가사를 배울 것입니다."

"네, 알겠습니다."

나의 심장은 좀 더 강하게 뛰고, 몸은 긴장했다. 이제 이 상황은 현실이었다. 더 이상 노래를 부르는 것에 대한 막연한 환상을 가진다거나 줄거리에 대한 낭만적인 감정을 가지는 것은 허용되지 않는 것이었다.

"다음에는 모든 가사를 다른 공책에 적을 것입니다. 여기 있는 아이들에게 가사를 나중에 받아 적으면 되고, 다음 수업에 공책 하나 가져오세요."

그녀는 속사포처럼 빠르게 말했다.

"네. 그렇게 하겠습니다."

머리를 묶은 한 소녀가 그녀의 쪼글쪼글한 공책을 펴서 내 눈앞에 들이밀었다. 아래위에 쓰인 커다란 글씨는 꼬불꼬불한 화살들이 줄지어 있는 것처럼 보였다.

"그런데, 여기는 악보가 없습니다."

선생님은 나의 질문에 미리 답하려는 듯 말했다. 나중에 안 것이지만 가사들에 맞는 소리를 내는 것은 순전히 '귀의 기억'에 의존해야 했다. 선생님이 가사를 한 줄 부르면 그녀를 따라서 내가 부르는 것이었다. 그리고 나서 가사에 음의 높낮이(높음, 중간, 낮음)를 대략의 화살표로 공책에 적을 시간이 주어졌다. 정확한 음역을 '느끼는' 것은 전적으로 각자의 역할이었다. 이런 식으로 판소리가 전수되어 왔다. 오직 소리를 통해서만 전달이 되었던 것이다. 내 나이에, 나의 판소리 경력으로 보았을 때 이 방법은 완전히 미친 짓이었다.

내가 배워야 하는 첫 장면은 춘향이가 사또의 수청을 거절하다 모진 매를 맞고 옥에 갇혀 이별한 이몽룡을 그리워하는 대목이었다. 바닥에 앉았을 때 가슴 높이까지 올라오는 작은 보면대에 악보를 올려 두었다. 선생님은 왼손에는 '북'을, 오른손에는 북채를 쥐고 나와 몇 미터 떨어진 곳에서 마주보고 앉아 있었다. 그녀가 첫 번째 가사를 부르고, 내가 뒤이어 그녀의 소리를 따라 불렀다.

그녀는 진지한 표정을 짓고 있었지만 약간 민망해 하는 것이 보였다. 음이 높이 올라가야 할 때 나의 목소리는 갈라지고, 아이들은 웃음을 터뜨렸다.

"조용히 해!"

그녀는 아이들을 향해 얼굴을 돌리며 말했다.

"너희들도 처음에는 똑같았어. 그러니 웃지 마."

나의 첫 번째 수업은 완전한 고문의 시간이었다. 모든 가사에서 음 이탈을 했고, 모든 고음은 엉망진창이었다. 나 스스로에게도 그랬지만, 그들이 사랑해 마지않는 판소리에 죄악을 저지르는 것 같은 기분이 들어서 부끄러움을 견딜 수 없었다. 나는 첫 몇 구절의 가사를 부르는 것도 제대로 하지 못했다. 한 시간의 수업이 끝나자 영화 '오즈의 마법사'에 나오는 사악한 마녀의 최후처럼 나의 몸은 모두 녹아 웅덩이가 되어 검은 머리카락만 위에 동동 떠있는 것 같았다.

나는 집으로 가는 버스에 올라타서 손잡이에 오른손을 얹고 창 밖을 바라보았다. 지금이야말로 이성을 가지고 조용하게 이 상황을 재평가할 시간이었다. '그래, 결심한 게 바뀔 수도 있지.'

하지만 나는 앞으로 나아가기로 했다. 이것은 인생의 소명이었다. 이렇게 빨리 포기하기에는 판소리의 서사와 음률이 너무 아름다웠다. 초등학생들은 그렇다 치더라도 중학생도 포기하지 않는데 나라고 못할 것인가. 쓰러지더라도 나는 발로 차고 소리를 지르며 쓰러질 것이다.

수업이 없는 날에는 저녁을 먹고 아파트 근처 남산으로 걸어 갔다. 남산은 연인들의 데이트 코스였다. 밤이면 많은 커플들이 비탈진 길 옆에 차를 대놓고 차 안에서 데이트를 했다. 하지만 나는 그들이 부럽지 않았다. 나도 지난 몇 달간 만나 오던 여성과 가까워지던 참이었다. 산에서 노래를 부를 때마다 내가 그녀에게 세레나데를 부르고 있는 것 같았다. 가끔은 차 안에 있는 연인들이 한밤중에 산길을 돌아다니면서 미친 놈처럼 노래하는 나를 어떻게 볼까 궁금했다. 어떤 차들은 내가 근처를 지나기만 해도 갑자기 자리를 떠나기도 했다.

서울 인근의 크고 작은 산들은 사람들의 왕래가 적은 호젓한 곳이었기 때문에 소리꾼에게 적합한 훈련장소로 알려져 있었다. 나는 구불구불한 산길을 거닐면서 그 주에 배운 '춘향가'의 구절을 큰 소리로 부르곤 했다. 외침과 비명으로 인하여 후두염과 깨질 것 같은 두통을 안고 매번 탈수상태가 되어 집으로 돌아왔다.

어느 날은 연습을 하고 돌아 온 뒤 엄마의 전화를 받았다.

"왜 그래? 목소리가 왜 그래? 어디 아파?"

"아니에요. 엄마… 나 판소리 배운다고 말했잖아요. 남산에 가서 연습하고 지금 돌아오는 참이에요."

나는 쉰 목소리로 말했다.

"도대체 뭐하는 거냐. 판소리가 뭐가 좋다고 너 그러니. 내가 아는 판소리는 꽥꽥거리는 돼지소리 같아."

나는 아버지에게는 판소리를 직업으로 하고 싶다는 말을 하지 않았다. 아버지는 허락하지 않을 것이 분명했다. 아버지는 내가 그냥 취미로 하는 것이라 믿고 있었다. 하지만 엄마는 내가 진심이라는 것을 알고 있었다.

"엄마는 판소리의 은근한 맛을 몰라서 그래."

"나는 네 목과 건강이 걱정이다. 이제 그만할 할 때가 됐잖아?"

"노우 웨이. 계속 할 거야."

목이 쉬어버린 나는 단어 하나하나 소리 낼 때마다 끝맺음에 그만 숨이 턱하고 막혔다.

"그만큼 아름다운 예술이야…."

"우리 아들이 참 이상하구나."

엄마는 결국 웃으며 말했다.

박동진 명창의
소리 지도

몇 달이 지나면서 나의 소리가 점차 좋아지자 오히려 선생님의 목소리는 좀 더 혹독해졌다.

"발음이 너무 외국인 같아요."

어느 날 그녀가 눈살을 찌푸리며 말했다. 내 발음이 혀가 꼬인 외국 사람처럼 부정확했나 보다.

"네, 알겠습니다."

"좋아요. 이제는 더 크게 해봐요."

"네."

"소리를 낼 때 너무 목에서 나와요."

그녀의 목소리는 침착했다. 그녀가 자신의 배를 가리켰다.

"전에도 말했지만 판소리의 소리는 '배'에서 나오는 거에요."

"네. 알겠습니다."

선생님이 나를 대하는 태도는 아이들을 대하는 태도와 확연히 달라서 아이들 앞에서 더욱 민망해졌다. 한 달이 지난 어느 날, 나는 몇 대 얻어맞은 것 같이 기운 없는 상태로 전수관에 도착했다. 산에서 지나치게 연습을 한 것이었다. 노래를 하려고 입을 열자마자 생기가 하나도 없는 목소리가 나왔다. 선생님도 그것을 감지하였다. 그때 그녀가 갑자기 뒤에 있는 두루마리 휴지를 집어서 머리 위로 들어 올리더니 나를 향해 던지려고 했다.

"지금 한 줄도 못 넘어가고 있잖아!"

나는 20여분 동안 네 단어를 넘어가지 못하고 있었다. 내 가슴에서 25살의 명색이 대학원생이라는 자긍심과 자존심이 주마등처럼 지나갔다. 그런 내가 초등학생들 앞에서 선생님이 던진 두루마리 휴지에 머리를 맞는다니! 그런데… 그러면서도… 그 공포 안쪽에서 희미하게 흥분되는 감정이 느껴졌다. 동시에 야단맞고 싶어하는 마음이 차올랐다.

나는 아이들과 똑같이 취급받기를 원치 않았지만, 한편으로는 그들과 다르게 취급받기를 원하지 않는 마음도 있었다. 애초에 취미로 판소리를 배우는 것이라고 말하였던 것은 그녀가 나를 다 늙어서, 아무런 음악적 배경도 없이 전문 소리꾼이 되려는 미친놈으로 생각하기를 원치 않았기 때문이었다. 또 그것은 그녀가 나를 편하게 대하기를 원했기 때문이기도 하였다.

그런 이유에선지 그 동안 그녀는 나에게는 항상 맞춰주는 편이었다. 그리고 나를 가르칠 때면 약간의 어색한 망설임을 보였다.

아이들의 경우, 제대로 못할 때면 종종 두루마리 휴지를 던져서 거침없이 혼내곤 했는데, 나는 아이들과는 대우가 달랐다. 사실 놀라운 것은 아이들의 반응이었다. 그들은 그런 대우에 당황하지 않았으며 오히려 야단을 맞은 아이들은 더 진지하고 열심히 응하였다. 처음 이 장면을 목격하였을 때 나는 캐나다와는 완전히 다른 한국의 문화에 놀라움을 감출 수 없었다.

어쨌든 나의 계획은 빗나갔던 것이다. 나는 이 '음악가족'에 있어서 이단아에 불과했다. 그녀가 다른 학생들을 가르치는 것을 보고 있노라면 나는 그녀의 시간과 노력을 투자할 만한 중요성과 가치가 없는 존재에 불과하다고 느껴야만 했다. 적어도 그녀가 보기에 나는 그 아이들처럼 완전히 그 세계에 발을 들인 것이 아니었기 때문이었다. 그리고 오직 완전히 그 세계에 속한 사람들만이 그녀의 특별한 교육 방식의 혜택을 받을 수 있는 것이었다.

그러므로 선생님이 오른팔을 들어 올린다는 것은 다른 아이들처럼 나도 그녀의 특별한 관심을 받을 만한 가치가 있는 존재라는 것을 확인할 수 있는 순간이었다. 이제 나는 그녀가 그렇게까지 화를 낼 정도로 충분히 아끼는 제자가 된 것이었고, 비로소 '가족'이 되는 환영의 순간이기도 했던 것이다.

나는 너무 기뻤다. '소원을 빌 때, 어떤 식으로 이루어질지 모르기 때문에 주의해야 한다'는 속담이 있다. 이것이 다른 의미로 내가 이번에 배운 것이었다. 두루마리 휴지 사건은 내가 받아들여졌다는 느낌을 주었을지 모르지만 부정적인 면도 있었다. 김선생님으로부터 받은 거친 사랑은 그 이후 어두운 전수관 계단을 삐걱이며 오를 때마다 쓰디쓴 꾸짖음에 대한 두려움으로 바뀌었다.

어느 날 오후 김선생님이 집으로 전화를 했다. 그녀가 평소답지 않게 가라앉은 목소리로 말했다.

"이번 주는 몸이 좀 안 좋아요. 그래서 내일 수업에서는 선생님이 직접 북을 잡으실 거예요."

그녀가 말한 '선생님'은 명창 박동진을 말하고, '북을 잡는다'는 것은 그가 나를 가르친다는 말이었다. 무릎에서 힘이 쑥 빠지면서 손에 땀이 찼다.

"알았습니다. 많이 아픈 것은 아니지요?"

"아니에요. 조금 쉬면 괜찮아질 거예요. 걱정해줘서 고마워요."

드디어 박동진 명창을 만나게 된다는 사실에 기쁨과 함께 두려움이 올라왔다. 내 소리를 듣고 아연실색해질 그 분의 얼굴을 상상하니 몸이 움츠러들었다.

다음날 오후에 전수관으로 갔다. 흰색 반팔 옥스퍼드 셔츠에 검은 넥타이를 한 명창 박동진 선생님이 카페트 위에 앉아 있었다. 그가 앨범 속 바로 그 분이라는 것을 한눈에 알아보았다. 사진과 다른 점이 있다면 깊어진 눈두덩이와 아직 검은 그의 머리가 많이 벗겨져 있다는 것이었다. 그는 노쇠했지만 기품있는 모습이었다.
어린 아이들은 보이지 않았다. 오늘은 선생님과 나 뿐이었다.

"안녕하세요."

나는 머리를 조아리며 말했다.

"어서 오시오. 이리 와서 앉으시오."

그는 부드러운 목소리로 북채로 자신의 앞자리를 가리키며
말했다. 그의 목소리에서 빠진 것이 있다면 나를 매료시켰던 '적벽
가'를 부르던 강한 힘이었다.

"성이 어떻게 됩니까?"

"최씨입니다."

"그러면 본관은 어디시오?"

학생 비자를 연장할 때 호적등본을 떼어야 했기 때문에 이 질

문에 답할 수 있었다.

"전주 최씨입니다."

그는 괜찮다고 말하는 것처럼 고개를 끄덕였다.

"그래요. 오늘 KBS에서 수업을 촬영하기 위해 온다고 하였습니다. 양해해주기 바랍니다."

선생님이 정장을 입고 있는 것이 그제야 이해가 되었다. KBS는 당대에 자기 분야에서 최고 고수가 된 인물들을 다루는 '성공시대'라는 TV시리즈를 연재했는데 그 중에 선생님이 포함되어 있었다.

"네, 괜찮습니다. 선생님."

나는 조용히 꿀꺽하고 대답했다.

"그럼 옥중가 처음부터 시작해봅시다."

선생님은 처음 만날 때부터 지금까지 계속 내게 존댓말을 했다. 나는 그보다 한참 어렸을 뿐만 아니라 아직 초보자였기 때문에 그것이 불편하고 당황스러웠다. 나는 땀으로 흠뻑 젖은 오른손으로 책 모서리가 잔뜩 접힌 갈색 가죽 공책의 첫 페이지를 열어 나무 보면대에 얹어놓았다. 나는 지금까지 10페이지 정도 가사를 휘갈겨 써놓았다. 내 앞에 앉아 있는 사람이 김선생님이다 생각하고 평상시에 하던 대로 해보자는 마음이었다. 머지않아 첫 페이지를 거의 다 했고, 선생님은 딱 한번 잘못된 점을 지적해 주셨다. 김선생님 같았으면 아직 첫 번째 줄에서 여전히 막혀 있었을 거라 생각했다. 내 생각에 선생님은 내가 본인 제자에게 배워 왔고 앞으로도 그럴 것이기에 그동안 어떻게 배우고 가르쳤는지 전체적으로 지켜보시는 것 같았다.

KBS 직원들이 도착한 것은 수업이 거의 끝나갈 때쯤이었다. 선생님이 '이쪽 옆으로 와서 앉으세요.'라고 한 것 외에는 나는 계속해서 소리를 하고 또 했으며 선생님은 북의 가죽과 통을 쳤다. 선생님도 나도 카메라가 돌아가고 있는 것에는 신경을 쓰지 않고 있었다.

"자, 여기까지 합시다."

선생님이 말했다. 어느덧 1시간이 흘러갔고, 수업은 생각했던 것보다 부드럽게 진행되었다. 수업이 끝나고 난 뒤 언제나처럼 성대는 사포를 밀어 넣은 것처럼 꺼끌거렸다. 선생님은 그대로 앉아서 나를 바라보았다. 그는 북채로 나를 가리키며 말했다.

"외국인 치고선… 소리를 잘하는 편이에요…."

또 한번의
쓰라린 포기

　　　　　　　　　　　　나의 소리는 약 4개월이 지나자
정체기에 들어갔다. 남산에서 열심히 연습했음에도 불구하고 여
전히 고음과 저음을 제대로 내지 못하여 고생하고 있었다. 중간음
은 그래도 수월했지만 말이다. '귀로 기억하여' 미묘한 차이를 표
현하는 것이 도저히 되지 않았다. 다시 말해 나는 음치였던 것이
다. 선생님은 그 부분을 여러 번 다시 불러서 나를 도와주려고 했
다. 하지만 아무리 들어도 나는 어디가 잘못된 것인지를 전혀 구별
할 수 없었다. 그녀의 소리가 나보다는 훨씬 명료했지만 그래도 내
입에서 나왔던 음성이 대충 흉내는 냈다고 생각했다.

　　짧게 튀는 저음으로 소리를 내는 부분들이 자주 있었다. 이는
마치 쭉 늘어선 과속방지턱을 지나가는 차 안에서 낮은 음성으로
웅얼거리는 소리와도 같았다. 나는 이것이 쉽다고 느꼈고, 잘 하고
있다고 생각했다.

"소리가 너무 억지로 들려요."

선생님이 북채를 흔들며 말했다.

"오늘은 소리가 너무 약해요!"

다음 수업에서 그녀는 말했다.

"너무 목에서 나오는 소리 같애."

다음 번에는 이렇게 말하더니, 그 다음에는 저렇게 말했다.

"너무 낮아."

고음으로 올라갈 때 나의 목소리는 한결같이 갈라져 있었기 때문에 발악하는 소리로 들렸다. 나는 아이들이 킥킥 거리는 소리를 또 들어야 했다.

"정수리 끝에서 소리가 나온다고 상상해 보세요."

어느 날은 이렇게 지도했다가 그게 잘 안되자 그녀는 다시 말했다.

"필요하다면, 비음으로 소리를 내요."

이 방법도 실패하자 그냥 가성으로 부르라고 했지만 판소리에서는 그렇게 부르는 것은 권장하지 않았다.

이야기에 등장하는 다양한 인물을 흉내내는 데도 문제가 있었다. 판소리에는 소리를 하지 않고 극에 등장하는 인물들끼리 대화하는 장면이 많았다. 나는 특히 춘향이의 어머니 목소리를 찾는데 어려움을 겪었다. '우리 사위가 오는구나.'라고 춘향의 어머니가 말하는 대목이 있었는데 나의 소리를 들은 선생님은 그만 웃음을 참지 못했다. 그녀는 활짝 웃으면서 북채를 하늘로 향한 채 이렇게 말했다.

"다시 한 번 해 보세요. 끝에 가서 소리를 조금 높이 끌어올리세요."

서양에서 온 20대의 남성이 아시아의 중년 어머니를 연기하고 있는 것이었다. 장모가 사위에게 어떤 억양으로 말하는지… 나에게는 그 '목소리'를 끌어낼 수 있는 사회적, 문화적 틀이 없었다. 나는 그만 춘향 어머니를 젊은 이성의 목소리를 가진 이상한 인물로 만들어 버렸다.

또 다른 문제는 소리하는 중간에 적절한 간격을 두고 숨을 쉬어야 하는데, 숨을 쉬어야 하는 때가 오기 전에 이미 숨이 모자란 것이었다. 그럴 때면 선생님은 처음부터 다시 시작하라고 했는데 반복해서 부르다 보면 아니나 다를까 전에는 찾지 못했던 자잘한 실수들이 드러났다. 나는 종종 나의 소리가 점점 더 나빠지고 있는 것은 아닌지 걱정되었다.

판소리는 내가 생각했던 것보다 훨씬 더 몸과 마음에 부담을 주고 있었다. 공책에 써내려간 이야기의 음역에 대한 감각을 악보도 없이 발전시키는 것과 수십 쪽에 이르는 내용을 기억하는 것은 학교 숙제를 하는 것보다 훨씬 더 많은 정신적인 활동을 필요로 했고 더 큰 스트레스를 주고 있었다. 더구나 판소리에서 내는 거칠고 강력하며 쉰 목소리를 내기 위해 배를 돌출하여 노래를 부르려면 복부 운동도 많이 하게 되어 있었다.

　나의 소리에 진전이 없었기 때문에 선생님의 타박은 점점 더 쌓여갔다. 그녀는 나로 인해 지쳐갔고, 나를 야단치려다가 깊은 한숨을 쉬곤 했다. 그녀는 나를 꾸짖는 것조차도 버거워했다. 몇 달이 지나도 발전이 없다는 사실에 대한 스스로의 실망도 판소리를 향한 의욕에 큰 타격을 줬다. 몇 주가 지나면서 나의 열정과 에너지는 눈에 띄게 줄어들었다. 서양에서 온 위대한 한국 오페라 가수가 되려는 최초의 흥분은 그 빛을 90%나 잃었다.

　　전문적으로 소리를 하기에는 내가 부족한 것일까.
　　절에서 그랬던 것처럼 이 길이 나에게 맞지 않는 건 아닐까.
　　소리를 늦게 시작한 자신을 너무 다그친 건 아닐까.

　만약 그렇다면, 정말 실망이었다. 왜냐하면 나는 소리를 잘못했어도 아직도 판소리를 사랑하고 있었다. 과거에 내가 추구했던 것들과는 달리 판소리는 지적으로, 감정적으로, 또 신체적으로 모든 면에서 내게 큰 영감과 의욕을 북돋워주는 어떤 것이었다. 그러나 얄궂게도 나는 지금 지적으로나 감정적으로, 신체적으로 풍전등화의 상태였다. 나는 지금 신경쇠약 바로 직전인 상태였으므로 결심을 해야 했다.

"얼마동안 수업을 쉬어야 할 것 같아요. 요즘 너무 지친 것 같습니다."

어느 날, 수업을 마친 후 풀 죽은 목소리로 선생님에게 말했다. 나는 단어 선택에 신중했다. 비록 아주 그만둘 거라는 짐작을 하고는 있었지만 나 자신에게나 그녀에게 '잠시 쉬는 것'이라고 말했다. 중도 포기자의 약한 모습이 싫었기에 아주 그만둔다는 사실을 받아들이는 것이 수치스러웠다. 조금만 힘들어지면 포기하는 나. 더구나 이번이 처음이 아니다. 판소리는 한국에 와서 '직종'을 찾는 데 3번째로 그만 둔 일이 되었다.

선생님은 한숨을 깊이 내쉬더니 쥐고 있던 북에 조심스럽게 기대었다.

"그래야 한다면 그렇게 해야겠지요."

그녀가 따뜻한 목소리로 말했다.

"그래요. 지금은 쉬는 게 좋을 것 같네요. 좀 쉬고 새로운 마음으로 돌아오도록 해요."

잠시 후 선생님과 나는 우리가 함께 한 시간들을 돌아보았다. 그녀는 이번이 우리의 마지막 수업이라는 것을 아는 것처럼 말했다.

"그동안 잘 따라왔어요."

그녀의 말은 두 가지 이유에서 나의 뒤통수를 쳤다. 첫 번째로, 선생님은 칭찬에 인색했고, 두 번째로 나는 지난 7개월 동안 '춘향가'를 원형을 찾아볼 수 없을 정도로 망쳐놨다고 생각해 왔기 때문이었다. 그녀의 말에 나는 마음을 털어놓았다.

"그래요? 그렇지만 제가 너무 문제가 많아서요…."

"모두가 그래요. 그동안 혼자서 잘 해냈어요. 자신이 소리를 잘 못한다고 생각할 수도 있지만 그렇지 않아요. 석원씨에게 행복한 시간이 되었길 바래요."

코리아 헤럴드
기자로 입사

"당신 이름에는 서양과 아프리카 그리고 한국이라는 세 가지 배경이 있네요."

로저(Roger)는 무심하게 나의 이력서를 읽어 내려갔다. 그 말을 듣고 나는 웃음을 터뜨렸다. 면접을 오는 것 때문에 예민해져 있었지만 그의 말에 긴장이 풀어져 버렸다.

"말하자면 깁니다."

나는 대답했다. 연한 갈색 머리에 193cm의 장신인 로저는 한국의 영자신문사인 '코리아 헤럴드' 미국인 편집자였다. 그는 최근에 공석이 된 편집자를 뽑아야 하는 책임을 지고 있었다. 상담실에 그와 마주보고 앉아 있는 나는 170cm의 단신으로 트럭 뒤에 주차된 경자동차였다. 나는 약간은 그에게 압도당하고 있었다. 키도 키였지만 그가 TV나 영화에서 볼 수 있는 전형적인 냉정한 저널리스트의 모습을 하고 있었기 때문이었다. 느슨하게 풀어진 넥타이와 흠잡을 데 없이 간결하고 무게감 있는 말투 그리고 초점 없는 눈초리는 인간미가 결여된 최전선에서 다년간 기자생활을 했다는 것을 말해 주고 있었다.

그건 그렇고, 로저는 나를 풀네임인 글렌 쉑원 최(Glen Shakwon Choi)라고 불렀다. '쉑원'은 어느 정도는 나의 한국 이름이라고 할 수 있다. 부모님이 운영하던 가게에서 나이 많은 유대인 단골손님이 엄마가 한국식 발음으로 가르쳐도 나를 계속 '쉑원'이라고 불렀기 때문에 엄마는 '석원'이라는 이름을 서양인이 발음하기 쉽게 쉑원으로 바꿨다. 엄마는 모든 캐나다 사람들이 그와 같이 부를 것이라고 생각했던 모양이다. 그래서 아프리카인들이 즐겨 쓰는 '쉑'(Shak) 발음이 내 이름에 들어 있었다.

로저는 내가 가져간 2개의 글을 읽고 몇 가지 질문을 더 한 뒤 일어나 두툼한 손을 내밀면서 말했다.

"연락드리도록 하겠습니다."

나는 건물 밖으로 나와 덥고 습한 8월의 공기 속으로 들어섰다. 서울의 쇼핑 중심가 명동 거리를 바라보며 숨을 한번 깊게 들이쉬고 지하철 방향으로 걸었다. 나는 앞뒤로 밀어닥치는 사람들 속에서 미래를 그려보았다. 상상 속의 내 모습은 잘 다려진 짙은 색 양복을 입고 있으며, 흰색 와이셔츠에 넥타이를 하고 한 손에는 서류가방을, 다른 한 손에는 새로 출시된 핸드폰을 쥐고 5층짜리 갈색 건물인 '코리아 헤럴드'로 향하고 있다. 새 직장에 출근하고 있는 것이었다.

그동안 나는 매체에 글을 썼던 경험이 거의 없었다. 그럼에도 불구하고 코리아 헤럴드 편집자에 지원한 것이다. 이전에 토론토 대학교 학생신문인 '더 버시티(The Varsity)'에 한국의 스포츠 경기 문화에 관한 기사를 기고한 적이 한번 있었다. 서울대학교 1학년 재학 중일 때 크리스마스를 맞이하여 집으로 돌아가서 쓴 것이다. 어린 시절 친구 바스가 당시 그 학생신문에 글을 쓰고 있었고 나는 그를 통해 글을 쓸 수 있는 기회를 얻었다. 그리고 동국대학교에 재학하던 시절 한국 불교신문에 2개의 기사를 영어로 번역한 적이 있었다. 기사를 써 본 것은 그것이 전부였다. 그런데 지난 주에 코리아 헤럴드를 훑어보던 중 우연히 '편집부원 모집' 광고를 발견했다. 그 순간 머릿속에서 여러 가지 생각들이 돌풍처럼 지나갔다.

어쩌면 모든 것이 이 순간으로 다다르게 되어 있었을 것이다. 설령 그것이 아니라고 하더라도 적어도 매우 중요한 순간임은 분명했다. 기자가 되고 싶었던 건지, 아니면 글 쓰기나 인터뷰하는 기술 같은 것을 익히기 원했는지 모르지만 그게 무엇이든 결국에는 나에게 도움이 될 것이다.

며칠 뒤, 나는 합격 통지를 받았다.

"안녕, 글렌."

앤드류가 책상 옆에 있는 낮은 파티션에 기대어서 말했다. 책상들이 일렬로 늘어서 있는 곳의 왼쪽 끝 구역에 내 책상이 있었고 거기에는 나 외에도 2명의 정치부 기자가 더 있었다.

"어떻게 잘 되어가?"

앤드류는 매주 금요일에 발행되는 7페이지 분량의 추가 신문인 '위켄더(Weekender)'의 편집자였다. 로저와 마찬가지로 앤드류도 미국인으로 백인이었다.

"거의 다 되었어요. 이제 한번만 훑어보면 돼요. 바로 보내드릴께요."

"좋아."

앤드류는 손가락 마디로 파티션을 한번 두드리고는 자기 자리로 돌아갔다. 긴장으로 배 속이 부글거렸다. 나는 넥타이를 풀고 감청색 양복 윗도리를 벗었다. 목요일 아침이다. 몇 주 전 이 일을 시작한 뒤 첫 기사를 쓰고 있다. 정확히는 '위켄더' 맨 앞면에 나갈 톱기사를 쓰는 것이다.

지난 주 나는 가야금의 명인인 황병기 선생님과 인터뷰를 했다. 그는 전위적이며 실험적인 음악을 연주하는 것으로 유명했다. 지난 밤 초고를 마무리했으나 오늘 아침 사무실에서 다시 한 번 내용을 읽어보니 용어들이 너무 건조하고 뻣뻣하다는 것을 발견했다. 앤드류가 편집자로서 당연히 해야 할 일이지만 나는 원고를 다시 다듬었다. 나는 공식적으로는 오후가 되어야 일이 밀려드는 정치부 소속이었기 때문에 오전에는 시간이 충분하였고, 시간을 때우기 위해 '위켄더'에서 파트타임으로 기사를 쓰라는 제안을 받았다. 앤드류가 잠시 후 나의 책상으로 다시 왔다.

"하이, 글렌. 언제 나한테 기사를 줄 수 있을 것 같아? 이제는 기사가 다 모아져야 하는데⋯."

그는 조용히 말했지만 목소리에는 다급함이 묻어 있었다. 나는 컴퓨터에 파일을 저장하고 앤드류에게 기사를 보냈다.

목요일 오후에는 금요일 신문이 우리 손에 들어왔다. '코리아 헤럴드'의 최편집장이 나를 사무실로 불렀다. 그가 내 기사를 읽고 나를 고용한 것을 후회하고 있는 것이라는 생각이 들었다. 야구로 치면 아웃되기 직전인 투 스트라이크인 것이다. 이렇게 나의 기자생활은 시작도 하기 전에 끝날 수도 있었다. 나는 양복 윗도리를 입고 넥타이를 조여 맸다. 사무실로 들어서자 그는 신문을 뚫어지게 바라보며 읽고 있었다.

"편집장님, 부르셨습니까?"

나는 조심스럽게 걸어 들어가며 말했다.

"아, 글렌. 어서 들어와요."

그는 신문을 내려놓으면서 꼬았던 다리를 풀고 똑바로 앉았다. 편집장은 체격이 다부진 50대 초반의 남성으로 반백의 곱슬머리에 상대방을 꿰뚫어보는 큰 눈을 가지고 있었다. 수년 전에 미국에서 유학하고 돌아온 그의 말투에는 아직 약간의 한국어 억양이 남아 있었다. 그는 몸을 앞으로 내밀어 무릎에 팔꿈치를 꿰고 두 손은 깍지를 끼고 앉았다. 코에서는 쌕쌕거리는 소리가 났다.

"글렌이 쓴 글을 읽었는데…."

그는 한 자 한 자 또박또박 말했다. 나는 숨을 죽이고 다음 말을 기다렸다.

"잘 썼어."

그 말을 듣고 나는 편하게 숨을 쉬기 시작했다.

"몇 가지 수정하기는 했지만 전반적으로 흥미로운 글이군."

편집장은 탁자 위에 있는 신문을 내게 건넸다. 거기에는 '위켄더' 맨 앞 페이지에 인쇄된 나의 기사가 있었고 붉은 선들이 그어져 있었다.

"감사합니다. 편집장님."

문득 갓 21살이던 대학교 1학년 시절의 나를 돌아보았다. 나는 대학원 포함 6년간 학교를 다녔고 그 동안 공부라는 안락한 창문을 통해 세상 돌아가는 것을 바라보는 관중이었다. 판소리는 조금 다른 종류였지만 그때도 여전히 나는 학생이었다. 그러다 26살이 되어 처음으로 세상과 온전히 접촉하게 된 것이다. 그 전과 바뀐 것이 있다면, 무기력하고 내 문제에만 몰두했던 비좁은 나의 마음과 더러운 티셔츠, 맨발에 늘어난 면바지를 입고 살았던 겉모습이었다. 돌아보면 남는 것은 시간밖에 없어 보이는 것들이었다. 하지만 이제는 '코리아 헤럴드'에서 일하고 있다. 나는 빳빳하게 다린 감청색이나 갈색 양복에 넥타이를 매고, 반짝이는 검은 구두를 신고, 그에 어울리는 어두운 계열의 양말을 신었다. 아침에는 '위켄더'에 실을 글을 썼으며 오후에는 컴퓨터에 갓 도착한 따끈따끈한 정치부 기사를 편집했다. 내가 그날 일을 할 기분이건 아니건 상관없이 매일매일 마감이 있었다.

　대학생이나 대학원생 때 교수에게 제출하던 과제와는 달랐다. 나는 더 이상 한 사람을 위한 글이 아닌 수많은 사람들이 읽는 글을 썼다. 수천 명의 시민들이 '코리아 헤럴드'를 샀다. 그들은 바쁘고 스트레스가 많은 삶을 살고 있었으며, 그들이 신문에 집중할 수 있는 시간은 짧았다. 더구나 그들은 나 같은 사람이 쓴 글을 읽기 위해 어렵게 번 돈을 지불했다. 그것은 우리 같은 사람들이 누리는 특권이었다. 하지만 그들에게 즐거움을 주거나 교육을 할 수 있는 시간은 단지 몇 초나 몇 분밖에 주어지지 않았으므로 그들은 우리에게 냉정하며 요구가 많은 집단이었다. 시간은 돈이고, 나의 글을 읽고 시간 낭비라고 생각한다면 그들은 돈을 버리는 것이나 마찬가지였기 때문이다.

　직업의 특성상 압박감을 느낄 수밖에 없었으나 좋은 기사를 써서 수많은 사람들에게 긍정적인 영향을 준다면 나에게 그 압박감은 가치가 있는 것이었다. 나에게 지급되는 월 2백만 원의 급여도 중요했다. 일을 함으로써 경제적인 의존의 족쇄에서 벗어날 수 있었다. 더 이상 아버지의 돈을 쓰는 것이 아니었기 때문에 과소비를 하거나 맘대로 돈을 쓰더라도 그간 느껴야 했던 찌릿찌릿한 죄책감을 이제는 느끼지 않아도 되었다.

나는 아웃사이더가
아니다

"하이 애브리원."

　나는 손바닥을 마주치면서 영어로 인사했다. 나는 정치부 기
자들과 노란 장판바닥에 앉아 있었다. 그날은 금요일 밤이고 나는
'회식'에 참석했다. 그 자리에는 8명이 있었는데 존과 나를 제외하
고는 모두 한국인 정치부 기자였다. 존은 정치부의 편집자로 몬트
리올에서 온 캐나다 친구였다. 로저와 앤드류와 마찬가지로 그는
192cm 장신의 백인이었다. 기업 간 미식축구경기가 열린다면 '코
리아 헤럴드'는 최강 팀이 될 것이었다.

　우리는 둥그런 탁자에 둘러 앉았다. 지금까지 일해 온 소감
한마디를 털어놓는 시간이었다. 식당은 사람들로 꽉 차 있었으며
말 소리로 웅성거렸다. 중년의 종업원이 분주하게 음식을 날랐다.
맵고 짭짤한 야채 절임이 식탁 가운데 놓였고 다음으로 스텐레스
그릇에 담긴 밥이 나왔다. 마지막으로 불판 위에 메인 요리인 삼겹

살과 상추가 나왔다. 나는 이미 도수 높은 술 한 잔을 비웠으며 손과 얼굴은 따뜻하고 얼얼하였다.

"…다들 아시겠지만 저는 이곳에서 약 한 달간 일했습니다. 제가 하는 감수 작업이 여러분들에게 도움이 되기를 바랍니다. 이곳에서 일하는 것이 즐겁고 많은 것을 배우고 있습니다. 여러분들 모두 여러모로 도와주셔서 감사합니다. 특히 존이 제게 가장 큰 도움을 준 것 같습니다."

나는 왼쪽에 앉아 있는 존을 바라보았고 존이 미소 지었다. 정치부 이부장의 배려로 나는 영어로 말했고 직원들은 모두 나의 말을 알아들을 만큼 영어실력을 갖추고 있었다. 그러나 오랫만에 영어로 말하려니 12살 때 치아교정기를 빼고 처음으로 입을 벌렸을 때처럼 어색한 기분이 되었다.

"어쨌든, 나는 정치부에서 일하는 것이 즐겁습니다. 여러분들과 더 가까이 지내게 되기를 바랍니다. 최선을 다하겠습니다."

사람들은 가볍게 박수를 쳤다. 이전에도 이런 식의 '인사 한마디'를 해본 경험이 자주 있었기 때문에 어떻게 말해야 하는지 잘 알고 있었고, 내게는 무의식적으로 활용하는 일반화된 틀이 있었다. 결국 뼈대에 살을 어떻게 붙이느냐의 문제였다.

한국에서는 사람들이 모이면 소감을 이야기하는 것이 전 국민적인 관례가 아닌가 생각했다. 젊은 혈기에 들떠 있었던 대학교 모임에서도, 염세적이고 무감각해진 기자들 모임에서도 그랬다.

그러나 사회생활을 하는 사람들이 대학생들과 다른 점이 있다면 그것은 바로 술이었다. 기자들은 술을 훨씬 더 자주 마셨다. 빠듯한 마감시간, 동료나 상사와 부하직원간의 긴장 관계는 그들의 신경을 곤두서게 했고, 술은 거기에서 잠시나마 벗어날 수 있는 일종의 만병통치약이었다.

"또 더 할 말이 있습니까?"

모두 식사를 마친 후에 이부장이 말했다.

"일하면서 불편했던 섬이나 정치부를 좀 더 발전시키기 위한 방안이 있으면 말씀하세요."

이부장의 짐짓 민주적인 태도에 깜짝 놀랐다. 두툼한 검은테 안경 때문에 더 크게 보이는 음울하게 빛나는 눈과 엄중한 표정이 그의 태도가 거짓이라는 것을 말해주고 있었다. 나는 지금까지 그가 전형적인 수직관계를 요구하는 권위주의적인 상사라는 고정관념을 가지고 있었다.

몇 명의 기자들 발언이 끝나자 이부장이 익살스럽게 물었다.

"자, 이제 뭐 재미있는 얘기 없습니까?"

침묵이 흘렀다.

"제가 재미있는 얘기 하나 할까요?"

내가 말했다.

"좋습니다."

그가 활짝 웃으며 말했다. 방안은 조용해졌다. 동료들이 나를 바라보는 시선 뒤에 일말의 기대감을 느낄 수 있었다.

"미국에서 공부하고 있는 한국인 유학생이 속도위반으로 경찰에 걸렸습니다. 경찰이 차로 다가오자 한국 학생이 창문을 내리면서 'Please, close your eyes.'('눈감아 달라'는 한국어를 그대로 영어로 표현한 것)라고 말했습니다."

여기까지 들은 동료들이 피식 웃었다.

"그런 다음에 미국 경찰은 한국인 학생에게 뭐라고 대답했을까요?"

나는 사람들에게 물었다.

"모르겠는데요."

누군가 중얼거렸다.

"No soup." ('국물도 없어'라는 한국어를 그대로 영어로 표현한 것)

첫 번째 농담보다 더 큰 웃음이 터졌다. 풍자적 표현이 웃음을 이끌어내는 데 결정적인 역할을 한 모양이다.

시간이 흘러갈수록 나는 점점 더 취해갔다. 단지 술 때문에 그러했던 것이 아니었다. 각자 소감 한마디 말하고, 같이 농담하고, 마시고, 즐기는 것이 무적의 술처럼 우리의 결속력을 높였기 때문이다.

우리는 거의 매주 회식을 했다. 나는 종종 경제부 회식에 초대받지 않아도 참석하곤 했다. 점점 더 많은 한국인 동료들과 가까워지는 것이 즐거워서 그랬다. 회식이 끝나는 시간은 새벽 1시나 2시였고 이미 지하철이 끊어진 시간이었기 때문에 나는 택시를 타고 집으로 돌아와야 했다.

회식을 마치고 현대자동차 택시를 타고 있으면 이제야 내가 5천만 한국 국민 중 한 사람이 된 것 같았다. 한국의 택시 운전사는 잡담 나누는 것을 좋아해서 주로 그날 저녁 관심 있었던 어떤 주제에 대한 나의 의견을 구하였다. 그 주제는 대충 3가지로, 현 한국 정치의 부패, 전통적 가치를 잃은 한국의 젊은이들, 아니면 종잡을 수 없는 날씨에 관한 것이었다.

한국에 와서 첫 몇 년은 택시 운전사들이 몇 마디만 나눠도 내가 한국인이 아니라는 것을 알았다. 그러나 석사과정에 있을 때는 어느 정도 대화를 나누다가 불현듯 이렇게 말했다. '어디서 왔어요?' 아니면, '한국 사람이 아니지요? 외모는 한국사람 같은데 혀가 좀 꼬여 있어서….' 그들의 그런 반응은 내가 외국인이 아니라 마치 외계인인 것처럼 느껴지도록 했다. 그랬던 것이 이제는 아무도 나를 외국인으로 생각하지 않았다.

나는 한국인의 말투와 억양을 완전히 숙지했다. 무질서하게 '유목생활'을 하던 한국어의 대명사, 명사, 동사는 머릿속에 잘 정리되었고, 필요하면 아무 문제없이 동사는 문장의 끝에, 주어는 앞에, 목적어는 중간으로 신속하게 자기 자리를 찾았다. 낯선 소리를 분명하게 발음하는데 필요한 입 안쪽 근육의 군살도 빠져서 더 분명하고 더 민첩해졌다. 한마디로 한국말을 유창하게 구사하게 되었다. 그래서 나는 이제 외모도, 말투도, 행동하는 것도 한국인으로 보였다. 3가지 요소를 모두 갖추었으니 나는 더 이상 아웃사이더도 교포도 아니었다. 나는 마침내 나의 한국 이름인 쉘원으로 살고 있는 것이었다.

현실과 이상의
차이

"헤이, 알버트. 잘 되어가?"

나는 양 손을 주머니에 넣고 그의 책상으로 다가가며 말했다. 그날은 한국의 민요인 아리랑에 대한 이야기가 발행된 주말을 보내고 난 월요일이었다. 내가 '위켄더'에서 전임 편집부원이 되고 나서 쓴 3번째 기사였다. 최근에 앤드류가 더 나은 조건의 직장으로 옮겼고, 내가 그의 자리에 들어가게 되었다.

"편집하느라 바빠. 뭐 같은 일을 하니 글렌도 잘 알겠지."

알버트가 목을 양옆으로 돌리고 코를 잡아당기면서 말했다. 그는 자주 그런 행동을 했는데 그럴 때면 그가 신경안면경련인 것처럼 보였다.

"다음번 '위켄더'에 쓰기로 한 기사, 곧 쓸게."

알버트는 내가 고대하던 남동생과 같은 존재였다. 기자가 되고자 하는 열망과 자신의 뿌리를 찾고자 하는 마음을 갖고 최근 한국에 온 그는 나보다 여섯 살 아래였다. 그도 나처럼 상표는 한국 사람이었지만 미국에서 제조되었다. 나는 일종의 선배로서, 한국인으로서의 연줄을 보여주고 싶었다.

"그래. 좋아. 영어로 번역할 자료가 있으면 물어봐."

"오케이, 좋아."

그가 낮은 저음으로 말했다. 사실 나는 알버트와 본래 말하고 싶은 주제로 자연스럽게 넘어 가기 위해 가벼운 잡담부터 시작한 것이었다.

"아 참, 혹시 내가 쓴 아리랑 기사 읽어봤어?"

내 책상으로 가려다 말고 불현듯 생각났다는 듯 그를 돌아보며 물었다.

"응. 괜찮았어."

나는 자리에 돌아와서 다음번 위켄더에 글을 쓸 사람들의 목록을 작성했다. 키보드 위에 있는 손가락이 무겁게 느껴졌다. 투둑, 투둑, 투둑. 얼마 지나지 않아 사무실 의자 바퀴가 덜커덩거리며 굴러가는 소리와 의자가 흔들리면서 내는 끼익거리는 소리가 들렸다. 경제부 기자가 일어나면서 내는 소리였다. 그는 슬며시 양손을 바지 주머니에 넣으면서 엘리베이터 로비로 향했다. 한 곳만을 응시하면서 걷는 그의 걸음은 점점 더 빨라졌다. 마감 전의 긴장을 풀기 위해 담배 한 대 피우러 가는 것이었다.

잠시 뒤, 또 다른 덜컹, 끼익 소리가 났다. 이번에 일어난 사람은 저 끝 뉴스룸에 있는 용희로 그녀는 정치부에 있을 때의 동료였다. 그녀는 이부장이 앉아 있는 책상을 향해 갔다. 그녀가 짧은 몇 마디를 그에게 건네자 그는 컴퓨터 화면에서 눈을 떼지 않은 채 동의의 뜻으로 고개를 끄덕였다. '오늘 쓸 기사를 보냈다고 보고했나 보군.' 얼굴에 미소를 띤 용희는 가벼운 발걸음으로 자기 자리에 돌아갔다.

망가진 테이프에서 반복 상영되고 있는 것 같은 이런 장면은 이곳에서의 정해신 일과였다. 바퀴가 굴러가는 소리, 의자가 끼익거리는 소리, 일어나는 사람들…. 급기야는 내 앞에 흐릿한 검은 줄과 흰줄이 흘러가는 것처럼 보였다. 지난 3개월간 이러한 순간이 눈에 띄게 자주 벌어졌다. 기자들은 목적을 가지고 움직이고, 내 앞을 지나갔다. 기사에 대한 아이디어는 그들의 손끝을 통해 키보드로 흘러들어갔고, 그렇게 쓴 기사를 편집장에게 가지고 가기 위해 의자에서 벌떡 일어났다. 그들의 아이디어는 주제와 시대 그리고 문화를 넘나들었다.

여러 나라에서 온 사람들로 뒤섞인 나의 외국인 동료들인 미국인(로저, 버크), 한국계 미국인(알버트, 미희), 스코트랜드인(피터), 뉴질랜드인(또 다른 피터), 캐나다인(조나단), 호주인(벤)도 예외는 아니었다. 그들이 주로 쓰는 기사는 국제적으로 관심을 받기 시작하는 한국영화산업, 전직 한국 특수부대원이 미국에서 무술사범을 한다는 이야기, 한국에서 주목받고 있는 언더그라운드 펑크 음악 현장, 애니메이션 심슨가족의 그림을 한국의 애니메이션 회사가 맡고 있다는 이야기, 서울에서 잘 나가는 술집에 관한 것들이었다. 아니면 한국에서 외국인 노동자의 인권문제나 미국 NGO와 북한의 관계, 세계 경제시장에서의 한국과 같은 좀 더 무거운 주제를 다루기도 했다.

한편, 나는 어린아이가 자기 인형을 꼭 잡고 잠자듯이 한국전통문화라고 알려진 분야에 대한 애착을 버리지 못했다. 다른 분야에 대해서는 그렇지 않았지만 한국전통문화 취재는 유독 내게 안락감과 즐거움을 주고 있었다. 하다못해 나는 이 주제를 신문기사처럼 형식적으로 다루기보다는 더 길고 풍부한 에세이 풍으로 다루고 싶었다. 하지만 이렇게 하는 것은 한국에서 일하고 있는 외국인(주로 ESL 강사)들이 대부분인 위켄더 독자층에게는 잘 맞지 않았다. 그들은 주말에 긴장을 풀러 갈 수 있는 곳에 대한 정보를 원했다. 사람들의 발길이 잘 닿지 않는 명소라든가 서울이나 다른 지역의 멋진 여행지 같은 기사가 그들이 원하는 정보였다. 숨겨진 보물같은 식당과 카페에 대한 정보, 외국인이 편하게 찾을 수 있는 술집이나 스포츠 경기에 대한 정보가 필요했다. 한국의 민요 아리랑의 역사라든가 한국 전통 봄맞이 축제인 단오, 아니면 한국 전통 불교사찰인 송광사에 대한 이야기는 아니올시다였다. 기사가 나가고 난 뒤 며칠 동안 텅빈 나의 메일함이 그 사실을 일깨워줬다. 머리로는 이해했지만 내 가슴은 머리를 따라가고 싶지 않았다.

여기에서 오는 나의 묘한 죄책감은 회식 자리에서 폭탄주, 소주, 맥주를 마시면서 풀었다. 어느 정도 시간이 지나자 이것도 지겨워지면서 불만족이 쌓여갔다. 긴장을 풀기 위해 저녁마다 술을 진탕 마시고 다음날 아침이면 끔찍한 숙취에 시달리고, 술이 깨면 공허해져서 다음날은 일을 할 동기를 잃고 말았다. 비생산적이고 자기 파괴적인 생활의 연속이었다.

할머니 간병차
귀국한 어머니

한창 직장생활에 적응해가던 중 캐나다에 계시던 엄마가 수년 만에 한국을 방문하면서 생활리듬이 깨졌다. 엄마를 보지 못한 것이 어느덧 2년이 되었다. 오랜만에 만난 엄마의 짧은 머리와 미간에 자리 잡은 주름은 아침햇살처럼 익숙했지만 오늘 그리고 지난 주 그녀의 어눌한 걸음걸이와 뒤뚱거리는 움직임은 나를 어리둥절하게 만들었다. 왜냐하면 태어나서 18년간 보아온 엄마는 에그린턴가 헤딩턴로 사거리에 있는 이층집의 부엌에서 거실로, 거실에서 세탁실로 다닐 때 오트베이지색 카펫 위를 미끄러지듯 날렵하게 걸어 다녔기 때문이다. 엄마는 주중이든 주말이든 매일 가게로 나갔으며 사업을 하는 데 있어서 그녀는 자신의 능력에 대한 단단한 자신감이 있었다.

그러던 엄마가 이번에 외할머니 병간호차 갑자기 서울 친정에 오게 된 것이었다. 여의도에 있는 외삼촌의 아파트에서 엄마는 대부분의 시간을 작은 노랑 장판바닥 방에서 외할머니와 하루종일 함께 지냈다. 가끔 부엌으로 나올 때면 어느 서랍에 젓가락과 숟가락이 있는지, 냄비와 프라이팬을 어디서 꺼내야 하는지 여기저기 더듬어야 했다. 세탁기의 버튼과 거실에 있는 TV리모컨 버튼도 더듬거리며 눌러야 했다. 그녀는 거의 집에 있었는데 어쩌다 외출하면 숨을 쉴 때마다 목이 아팠기 때문에 마스크를 쓰고 나가야 했다. 지그재그로 얽혀 있는 지하철 지도를 머리에 담기 위해 그녀는 눈을 가늘게 뜨고 바라보았고, 사람들의 긴 행렬에 금방 지쳐서 가능한 빨리 집으로 돌아가고 싶어 했다. 그녀는 오랜만에 돌아온 서울에서 소심하고 서툴렀으며, 그녀의 정체성은 쉴 수 있는 둥지가 없어져서 떠돌아다니는 유랑자 같았다. 상황에 따라 대상을 인식하는 게 이렇게 다를 수 있다는 사실이 놀라웠다.

뿐만 아니라 엄마는 다른 감각도 잃어버렸다. 물론 그간 서울에 여러번 잠깐씩 다녀왔지만 이번처럼 오랫동안 있게 된 것은 처음이어서 그런지 어리둥절해 있었다. 한국에 온 그녀에게 산업화되고 현대화된 서울의 모습은 그녀가 알고 있던 것과는 너무나 달랐다. 엄마가 친구들과 돌아다니던 풀밭들은 고층 건물, 소규모의 상가와 아파트, 교회, 포장된 길로 바뀌었다. 엄마가 그렇게 사랑해 마지 않던 고향의 모습은 그녀의 기억 속에만 남아 있었다.

퇴근하고 외할머니 방에 들어가니 엄마는 고개를 돌린 채 물고기처럼 입을 오무리고 하얀 요 위에 누워 있는 외할머니 왼쪽 허벅지를 마사지하고 있었다. 엄마의 손은 정강이로 내려갔다가 다시 허벅지로 올라왔고, 더 올라가서 허리, 왼쪽 어깨와 팔을 주물렀다.

"엄마, 뭐하는 거야?"

나는 낮은 목소리로 물었다.

"할머니의 왼쪽에 힘이 돌아올 수 있도록 도우려고 해."

할머니의 몸 왼쪽에 마비가 왔다고 의사가 진단을 내렸지만 엄마 말에 의하면 외할머니의 왼쪽이 아직 따뜻하다고 했다. 따뜻하다는 것은 아직 피가 통하고 있다는 뜻이고 언젠가는 감각을 되찾아 움직일 수 있다는 희망이 있는 거라고 엄마는 해석했다.

할머니는 병자가 되어 하루종일 가만히 누워 계셨다. 이렇게 된 발단은 파주의 고향집에서 일어났다. 온 세상이 꽁꽁 얼어붙은 12월의 어느 날 아침, 눈을 쓸기 위해 밖으로 나갔던 할머니는 갑작스런 찬바람에 뇌출혈을 일으켜 그만 반신불수가 되고 말았다. 할머니의 상태는 아주 안 좋아서 대화를 나누거나 걷지도 못할 정도였다. 엄마는 할머니 곁에 있기 위해 토론토에서 가장 빠른 비행기를 타고 오셨다.

할머니가 이렇게 위중한 상태에 놓이자 나는 큰 충격을 받았다. 할머니는 88세였지만 손가락과 무릎에 약간의 통증만 있었을 뿐 무척 건강했기 때문이다. 내가 캐나다에서 처음 한국으로 와서 외삼촌 집에 머물 때 할머니도 그곳에서 지내고 계셨다. 몇 년 전

할머니가 서울에 살고 계실 때만 해도 일요일이면 홀로 버스를 타고 종로에 있는 조계사로 아침 예불을 드리러 다녔었다. 낮 동안 할머니는 방에 앉아 작은 몸을 앞뒤로 흔들거리며 천수경이나 금강경을 읽으셨다.

할머니는 외숙모가 음식을 준비하는 것이나 설거지, 집안 청소를 도우셨으며 오후에 TV를 보다가도 해야 할 일이 생각나면 급히 자리에서 일어나시곤 했다. 그녀에게 가장 큰 걱정이 있다면 너무 오래 살아서 가족들에게 더 이상 도움을 줄 수 없게 되거나, 자신의 병간호를 하는 자식과 손자들에게 귀찮은 존재가 되는 것이라고 나에게 털어놓은 적이 있었다. 장수하라는 말은 축복이라기보다는 저주라고 말씀하기도 하셨다. 할머니는 가지고 있는 물건도 얼마 안 되었다. 중간 크기 가방 하나에 다 들어갈 정도의 몇 벌의 윗도리와 치마, 머리핀과 코트가 전부였다. 그녀는 당장에라도 떠날 채비가 되어 있었다. 자신이 세상을 떠나고 나서 자식들에게 당신의 물건을 치우느라 고생시키지 않게 하려는 것 같았다.

할머니에 대한 나의 가장 따뜻한 기억은 아침식사 때였다. 내가 계란프라이 하나를 다 먹고 나면 어느새 할머니가 하나를 더 만들어서 하얀 밥 위에 퐁당 얹어주곤 했다. 배가 이미 불렀던 내가 눈살을 찌푸리고 올려다보면 할머니는 눈을 깜박거리면서 손을 휘휘 저으며 나의 입을 막았다. '어서 먹어. 너는 아직도 크고 있는 중이라구….' 할머니에게서 나를 살찌우려 노력했던 엄마의 모습이 겹쳐졌다. 한국에서는 살찐 모습이 더 건강한 상태라고 생각하나보았다. 나는 한국 전쟁을 겪은 세대가 그리 멀지 않은 과거에 겪었던 가난에 대한 뼈아픈 기억 때문에 마른 몸을 가난과 연관시키는 것이라고 생각했다. 이번에는 내가 할머니가 식사하시는데 약올리기 위해 그녀의 목소리를 흉내 내면서 '어서 많이 드세요.' 라고 했다. 그러면 그녀는 짧게 낑낑거리는 즐거운 소리를 냈는데 그것은 그녀가 세상에서 낼 수 있는 가장 따뜻한 웃음이었다.

"지난밤에 꿈을 꿨어."
엄마는 양팔을 내려놓으면서 믿기 어렵다는 목소리로 말했다.
"꿈속에서 한마음선원 토론토지원에 나오는 가까운 보살님이 나를 보고 앉아서 절을 받으라고 계속 조르는 거야. 영문도 모르는 나는 할 말이 없었지. 창피하기도 했고…."

엄마는 '내가 왜 보살님 절을 받아야 하느냐. 말도 안 된다.'고 손을 저었지만 그 분은 뜻을 굽히지 않고 무조건 절을 하려고 했다.

"그래서, 좋다고 하면서, 대신에 서로 맞절을 하자고 했지. 그녀도 그러겠노라고 했어. 그래서 절을 하고 일어나 보니…"

잠시 숨을 고르고 엄마가 말했다.

"그런데 앞을 보니까… 내 친구 보살의 얼굴이 네 외할머니 얼굴로 바뀌어 있었어."

엄마는 믿을 수 없다는 듯 말했다.

"할머니가 나를 쳐다보고 활짝 웃음을 지었다니까. 나는 너무 놀라서 깼지. 꿈이 정말 생생했어."

요 며칠간 엄마는 할머니가 말을 할 수 없었지만 얼굴은 늘 무언가 말하려 하고 있다는 것을 알고 있었다고 했다. 꿈을 꾸고 나서야 엄마는 할머니가 하고 싶었던 말이 무엇인지 알았다. 할머니는 엄마가 멀리 캐나다에서 그녀를 보러 온 것이 기쁘고 고맙다는 말을 하고 싶었던 것이다. 그래서 다른 사람의 얼굴을 빌려 엄마의 꿈에 나타난 것이라고 했다.

퇴근 후라 내 몸이 더는 버티기 어렵다고 느껴졌다.

"엄마, 나 이제 집으로 가야겠어. 내일 또 출근해야 되잖아."

시간은 저녁 9시가 되어가고 있었다. 신문사 동료인 버크와 함께 살고 있는 집까지 가려면 버스와 지하철을 타고도 40분은 족히 걸렸다.

"그래, 그래. 그래야지. 어서 집에 가. 너도 좀 쉬어야지."

내가 집으로 가는데 시간이 많이 걸린다는 것 때문인지 엄마의 기분이 가라앉아 보였다.

"아, 그리고 고마워."

"뭐가?"

"할머니 때문에 여기까지 온 거 말이야. 할머니도 네가 여기 왔다는 것을 고맙게 생각하고 계실 거야."

엄마의 목소리는 이내 가라앉았다.

"나를 보고 할머니가 좀 기운이 나셨으면 좋겠어. 이번 주에 다시 올게. 무슨 일이 있으면 핸드폰으로 연락 줘."

나는 무기력하고 갈망이 가득한 눈빛으로 나를 올려다보는 할머니 곁에 무릎을 꿇고 앉았다. 그리고 평소보다 좀 더 큰소리로 말했다.

"할머니, 곧 다시 올께요."

나는 일어나서 목깃을 세워 양복을 입으며 장난스럽게 물었다.

"할머니. 어때요? 제가 양복 입은 모습 멋있죠?"

나는 할머니가 이 어설픈 소리를 듣고 트레이드 마크인 낑낑 소리를 내며 웃기를 기대했다. 하지만 잠깐 활기가 돌았던 그녀의 얼굴은 어느새 금욕주의자처럼 굳고 생기를 잃은 모습으로 바뀌어 있었다.

내 마음은 바닥으로 곤두박질쳤다. 할머니는 훌륭한 분이므로 이런 일을 당할 분이 아니었다. 오래 사셨다고는 하지만 그녀는 평화로운 마지막을 맞이할 자격이 있는 분이었다. 그리고 이제 그 문을 지나려 하고 있다. 그녀는 하나부터 열까지 열심히 일했고, 성실하고 다정하고 이타적인 사람이었다. '그 많은 사람 중에서 하필이면 힐머니가 왜? 찬바람을 맞아도 잘 견디는 노인분들이 얼마나 많은데…' 불교에서는 운명적인 순간은 과거 생으로부터 온 내재된 업보가 조건이 성숙되어 자연스럽게 드러나는 것이라고 한다. 할머니의 숙세의 업이 어떻게 지어진 건지 알 수 없는 도리지만 내가 할 수 있는 일은 가시는 길에 마지막 고통이 덜하기만 기도할 뿐이었다.

허공으로 돌아간
할머니

할머니가 마지막 숨을 내쉬자 가슴과 목이 말려 올라갔다. 방 안에 있는 사람들은 모두 소스라치게 놀랐다. 우리는 몇 십초 전에 할머니가 내뱉은 숨이 마지막이라고 생각했기 때문이다. 우리는 기다리고 또 기다렸다. 더 이상 호흡이 없었다. 삼촌은 할머니의 손을 잡고 '어머니!'라고 외치며 울었다. 엄마는 앞으로 몸을 기울이고 눈을 감은 할머니의 얼굴을 감싸 안고 울었다. '어머니, 어머니… 어머니!' 외숙모와 세 명의 사촌과 나는 뒤에서 조용히 고개를 숙이고 있었다. 의사로 있는 사촌동생 태녕이 일어나서 할머니의 맥을 마지막으로 짚었다. 더 이상 맥박이 뛰지 않았다.

나에게는 너무나 익숙한 곳인 광명선원으로 가족들이 함께 버스를 타고 갔다. 선원에 도착했을 때 교무스님과 지냈던 시간들이 떠올랐다. 그때 정말 집을 그리워했던 것이 생각나서 미소 지었다. 그 때는 고통스러웠던 경험이 이제는 핑크빛으로 느껴졌다. 어

171

제의 쓴맛은 곧 오늘의 단맛이 되는구나. 스님과는 지금도 연락하고 지내고 있는데 그는 오래전에 이곳을 떠나 한반도의 남쪽 끝자락에 있는 절에 자리를 잡았다. 그곳에서 스님은 승려의 윤리규범인 율장을 공부하고 있었다.

할머니의 장례식은 대웅전에서 치러졌다. 장례를 주도하는 스님이 천천히 목탁을 치면서 천수경을 독송했다. 나는 제단을 바라보았다. 거기에는 의식에 중요한 6개의 물건이 놓여 있었는데 각각 망자를 안정시키기 위한 것들이었다. 먼저, 도자기 그릇에 가득 채워진 물은 광대한 지혜를 상징하고 깨달음의 맑은 정수를 의미한다. 크고 둥근 흰 떡은 일체 만물 만생이 먹어도 먹어도 남는 공양을 의미한다. 그윽한 향 공양은 우주법계로 아름다운 마음을 전달하는 마음의 양식이다. 초는 우주 삼라만상 대천세계가 닿기만 하면 몽땅 다 타버리게 할 수 있는 밝은 마음의 능력이다. 그리고 이와 같이 마음을 밝혀 아름다운 마음의 꽃이 피면 그 꽃이 만중생을 먹여 살릴 수 있는 열매를 맺는다는 것을 상징하는 꽃과 과일이 놓여 있었다.

스님은 마지막으로 '무상계(無常戒)'를 독경했다.

영가시여, 그대의 머리카락, 손톱, 이빨 그리고 그대의 가죽, 살, 힘줄, 뼈, 몸의 때와 같은 육신은 다 흙으로 돌아가고

침과 콧물, 고름, 피, 진액, 가래, 눈물, 원기와 오줌 같은 것들은 다
물로 돌아가고
몸의 더운 기운은 불로 돌아가고
활동하던 기운은 바람으로 변하여
네 가지 요소가 각각 지수화풍으로 흩어져 제자리로 돌아가는 법
이니
오늘날 영가의 돌아가신 몸이 어디 있다 하리오.

무상계의 단어 하나하나가 목에 걸려 넘어가지 않았다. 그 내
용들은 직접적이고 적나라하며 강렬했다. 서늘한 한기가 등줄기
를 타고 올라왔다.

우리는 코트를 걸치고 대웅전을 나왔다. 엄마와 나는 나란히
서서 두 손을 가슴에 모으고 머리를 숙였다. 얼음같이 차가운 바람
이 볼을 스치고 지나갔다. 검은 신발 밑으로 회색으로 범벅 된 눈
덩이들이 들러붙어 있었다. 장례식을 진행했던 스님이 회색 털모
자를 쓰고 대웅전 옆 작은 돌탑으로 내려오셨다. 스님은 할머니 이
름이 쓰여 있는 종이를 흔들리는 촛불로 태워 넣었다. 우리는 조용
히 종이가 불에 집어삼켜지는 것을 지켜보았다. 스님은 재를 잡으
려고 손을 뻗었으나 재들은 사방으로 흩어져 버렸다. 마지막 행동
은 의도적이었다. 그것은 망자의 의식이 펄럭이며 날아가는 것을
의미하였으며 육신의 족쇄로부터의 자유를 말하고 있었다. 스님

은 재를 깨끗한 물이 가득 담겨 있는 도자기 그릇에 뿌리고 근처에 있는 나무로 가서 나무 밑동에 조심스럽게 물을 부었다.

다시 스님을 따라서 눈송이가 반짝이는 풀밭으로 내려갔다. 선원에 잠시 머물 때 수없이 거닐었던 길이었다. 사람 키 만한 돌탑이 늘어선 곳을 지나자 긴 코트 끝자락이 바람에 펄럭였다. 줄지어 선 돌탑의 중간 쯤에 외가쪽 정씨 집안의 돌탑이 있었다.

엄마는 오랫동안 외국에 나와 살면서 외할머니를 외롭게 만들었다는 회한이 컸다. 할머니 사후에라도 큰스님의 원력이 담긴 금왕 광명선원에 탑을 세워드려 할머니의 영혼이 이곳에서 매일 목탁소리와 함께 큰스님 법문을 들으며 공부하시길 바랬다. 그러다가 양가 전주 최씨와 연일 정씨 두 집안의 탑을 세우게 되었는데 이렇게 함으로써 우리 후손들 역시 대대로 고국의 품에 안겼으면 하는 어머니의 마음이 담겨 있었다.

탑은 두툼하고 단단한 회색 돌판 위에 꼭대기에는 왕관처럼 생긴 첨탑이 여러 층 있고 그 아래는 모자 같은 처마가, 또 그 아래는 상서로운 불교의 상징인 만(卍) 자와 부처님이 가부좌를 하고 앉아 계신 모습이 새겨진 육각형의 몸통 그리고 그 아래는 연꽃이 있다.

스님은 탑 맨 아래 부분에 있는 작은 문을 열어 옆에 놓여 있는 몇 개의 흰색 항아리를 넣었다. 각각의 항아리에는 나의 외가인 연일 정씨의 조상 3대가 모셔지게 되어 있고 다른 전주 최씨 탑에는 할아버지 3대가 들어가게 되어 있다. 3대의 조상님들을 한 탑에 모시는 것이 이곳의 규칙인데 이는 차례로 후손들이 들어옴에 따라 그동안 이곳에서 공부하신 상위 조상님들은 탑에서 나와 재생천도 된다는 의미라고 한다.

다음으로 우리는 언덕 쪽으로 한 줄로 이어진 계단을 좀 더 올라가서 다른 탑들 사이에 깊숙이 자리 잡고 있는 최씨 집안의 탑으로 갔다. 스님은 부모님의 고조부모, 조부모, 부모님의 이름이 새겨진 항아리를 탑 안으로 넣었다. 나의 부모 그리고 나와 내 형제들이 그 뒤를 따를 것이었다.

갑자기 뒷골이 쿡쿡 쑤셨다. 위를 올려다보니 최씨 집안의 탑이 무심하게 나를 내려다보고 있었다. 나는 눈을 깜박이지 않았다. '그대의 이빨, 그대의 손톱… 먼지로 돌아갈 것이고…' 라는 말이 울렸다. '그대의 활동하던 기운은 공기가 되고…'라는 말이 울렸다. 그리고 또 울렸다. 나, 엄마, 아버지, 동생들, 내가 사랑하는 사람들, 내가 행복하게 해주고 싶은 사람들 그리고 우리가 각자 이룬 것들도 모두 결국에는 사라질 것이다. 존재에 대한 의문이 갑자기 일어났다. 이게 다 무슨 소용인 걸까? 시간을 보내고 무언가를 추구하는 것, 나의 꿈, 나의 미래… 나는 무엇을 하려는 건가. 마치 손에 닿지 않는 별을 따려고 애꿎은 허공을 허우적거리는 것 같았다.

어머니와 불교 그리고
대행스님

1970년대에 아버지와 함께 캐나다에 온 엄마는 이민생활이 20년 넘어가면서 정신적, 육체적으로 몹시 힘들었다. 그때 한국의 동생과 사촌이 보내준 우편물 속에 〈무無〉라는 책이 있었다. 당시 엄마는 불교책이라면 손에 잡히는 대로 읽고 있었다. 하지만, 불교가 뭔가 좋긴 한데, 진리의 말씀으로 여겨지기는 한데 왜 그런지 아득하고 힘들어 시작하기도 전에 지쳐버리는 심정이었다고 했다. 그러다가 만나게 된 책 〈무無〉도 처음엔 손이 가지 않다가 무심히 책을 펼쳤는데 엄마는 첫 장부터 빠져들었다. 앞이 안 보이던 세상일이 선명하게 손에 잡히는 것 같았다. 같은 내용을 읽고 또 읽고… 감로수인양 마시고 또 마시고… 그러다 울고 웃기를 반복했다.

당시 고등학생이었던 내게 엄마가 말했다. "나는 드디어 스승을 찾았어. 누가 뭐래도 이 스님이 내 스승이시다." 그러면서 한국

쪽을 향해 절을 하고 또 하는 모습은 경이롭기만 했다.

언젠가 이런 말씀도 들려주었다.

"그날 이후 나는 나의 근본인 내면의 주인공을 관하면서 오랫동안 괴롭혀왔던 몸과 마음의 병을 하나하나 치유하는 체험을 했어. 몸은 깃털처럼 가볍고 시원하고 환희로움으로 가득 했고 그냥 하루하루가 행복한 날이었지. 만물중생이 '한마음'이라는 말씀이 얼마나 가슴깊이 사무치고 그 한마음이 얼마나 따뜻하고 포근하게 감싸주었는지 다 표현할 수 없었단다."

그러던 어느 날 미국 뉴욕 법회에 대행스님이 초청되어 오신다는 소식이 들려 왔다. 우리 가족은 토론토에서 10시간 동안 차를 몰고 미국으로 건너가 법회에 참석했다. 그후 법회 때마다 엄마와 나는 뉴욕으로 가서 큰스님을 친견하고 수계도 받았다. 엄마는 우리가 큰스님을 친견할 때 스님께서 나를 바라보며 얘기하시곤 했다는데 왜 그러셨는지 모르겠다고 했다.

이렇게 큰스님을 향한 엄마의 존경심은 마침내 토론토에 한마음선원을 세우고 싶다는 원력을 품게 만들었다. 어느 날 엄마는 혼자 비행기를 타고 뉴욕으로 가 큰스님께 선원 건립을 허락해 주십사고 청을 드렸다.

대행스님은 오래전 부처님 당시에 있었던 일화를 들려주시면서 "절은 쉽게 세울 수 있는 게 아니에요."라고 하셨다. 큰스님 말씀에 크게 낙심한 엄마는 '아, 나는 선원을 세울 자격이 모자라는구나.' 생각했다. 친견 시간이 다 되었다는 시자스님의 말씀을 듣고 엉거주춤 일어나던 엄마는 어디서 그런 용기가 나왔는지 울음 섞인 목소리로 "저는 그래도 토론토에 지원을 세울 거에요."라고 단호하게 말씀드렸다. 엄마 역시 자기도 모르게 튀어나온 말에 스스로 놀라 문쪽으로 서둘러 가고 있는데 갑자기 큰스님 목소리가 등 뒤에서 들렸다.

"보살, 토론토에 가서 편지해."

엄마가 "네?" 대답하며 얼른 고개를 돌리니 스님께서 따뜻한 미소를 보여주셨다. "아~ 네, 스님. 감사합니다. 감사합니다. 감사합니다."

불교는 물론이고 어느 종교에도 관심을 두지 않았던 아버지는 불교 신자가 된 엄마의 생각과 신앙생활을 이해하고 따라 주었다. 하지만 엄마의 적극적인 신행에는 약간의 부담을 느끼셨는지 처음에 선원을 세우는 일에 크게 마음을 일으키지 못했다. 자식인 내가 보기에도 아버지와 엄마의 인연은 힘든 인연이었나 보다 싶을 때가 있다. 그래서 우리 가족에게는 부처님법과 스승을 만난 인연이 더 감사하게 여겨진다.

선원 건립에 애타던 엄마가 지혜를 구하던 중 어쩐 일인지 아버지가 꿈에 할머니가 나타나서 얼른 집을 사라는 말씀을 했다며 본격적으로 불사에 속도를 냈다. 드디어 1993년 2월 7일, 아버지는 가까운 곳에 조그만 집 한 채를 구입했고 얼마간의 공사를 거쳐

이름도 어마어마한 '한마음선원' 깃발을 조용히 올리게 되었다. 나는 이때 한국에서 서울대 2학년에 재학 중이었다. 아버지는 내면 공부에 대해 드러내는 분은 아니지만 지금까지도 엄마와 함께 신심있게 살아가신다. 오래전 토론토 지원 신도회장직을 마친 후에도 당신의 삶에서 가장 중요한 일이 선원을 외호하는 일이라며 법회가 열리는 일요일을 기다리는 분이 되었다.

선원 불사에 대해 언젠가 엄마가 말씀하셨다. "지금 생각해보면 정말 겁도 없이 큰일을 벌였지. 이후 토론토지원으로 오신 스님들께 너무나 정신적 물질적으로 누를 끼쳐드려 죄송한 마음뿐이야. 큰스님께서 절을 아무나 세우는 게 아니라고 하신 말씀이 자꾸 떠올라 부끄러웠는데 스님들은 힘든 내색 안 하시고 먼 이국땅에서 부처님 법을 전하는 일에 신명을 다하셔서 얼마나 고마운지 모르겠다."

대행스님 열반 소식을 고국으로부터 들었을 때 엄마는 담담했다. 큰스님께서 열반하시기 10여 일 전쯤 엄마의 꿈에 나타나셨다. 혜원 주지스님과 함께 저만치서 엄마를 바라보고 언제나처럼 따뜻한 미소로 손을 흔들며 다녀가셨다고 한다. 누가 뭐래도 엄마는 인생에서 부처님 법과 큰스님 만난 인연이 최고의 복이라고 생각한다. 영원히 함께 하는 친구를 만나게 해 주셨고 지혜의 눈을 뜨게 해주신 스승이셨다.

이제 토론토 지원이 세워진 지도 30년의 세월이 흘렀다. 그 사이에 해수관음상을 모셨고 매주 일요일이면 지원장 스님, 도반들과 함께 법회도 보고 한국음식을 나누는 것이 우리 가족들에겐 가장 행복한 시간이다.

인생은 정답을
알 수 없다

　　　　　　　　그로부터 1년 반 후 나는 동국대
학교를 졸업했다. 코리아 헤럴드에서 1년 계약이 만기되자 온라인
영문판 조선일보로 옮겨 파트타임으로 편집 일을 했다. 그때 나는
석사 논문을 마저 쓰기로 했다. 논문은 학위와 나 사이에 남은 마
지막 과제였고, 나는 남은 인생 동안 못다한 학위 때문에 신경 쓰
고 싶지 않았다.

　　내가 무단결석을 했다고 농담을 던지던 논문지도 교수인 현
각스님과 다시 만났을 때 스님은 논문을 영어로 써도 된다고 했고,
그 말에 힘입어서 나는 더욱 용기를 냈다. 논문 주제에 대한 망설
임은 없었다. 나는 서양의 심리학이 서양에 불교를 전파하는데 어
떤 역할을 했는지에 대한 것을 쓰기로 했다. 이는 예전에 들었던
동국대학교 수업에서 다루었던 주제 가운데 유일하게 동질감을
느끼게 했던 내용이었다. 그 수업은 동양과 서양의 문화적, 심리적

차이를 다루고 있었고 캐나다에서 자라서 한국에서 살고 있는 나의 경험과 딱 맞아 떨어졌다.

　심리치료사인 마크 엡스타인(Mark Epstein)이 쓴 〈붓다의 심리학〉에서 그는 동양의 자아에는 가족, 위계질서, 집단의 기대가 '뒤얽혀' 있고, 서양의 자아는 하나로 '동떨어져' 있어서 더 자주적이지만 다른 한편으로는 고독감과 소외감을 더 느낄 수 있다고 했다. 이렇게 서로 출발점이 다르기 때문에 동양의 불교를 서양에 전달하는 과정에서 서양의 심리 기법의 수정이 필요하다는 내용이었다. 생각할수록 그의 주장은 나의 마음을 사로잡았다. 전통불교와 수행법이 다른 문화로 건너갈 때 그 문화에서 요구하는 바에 따라 그 형식은 얼마든지 변형될 수 있다는 생각은 그 이전에는 해 본 적이 없었기 때문이다. 즉 종교는 어떤 고정된 형체가 아니라 유동체의 존재인 것이었다. 나는 책과 학술지 논문과 글들에 빠졌다. 종종 글쓰는 것이 막히거나 재미가 없어져도 진도를 나갔다. '글렌, 견뎌야 해! 변명하지 말아.' 그렇게 자신을 채찍질해 가면서 1년 동안 70페이지에 이르는 논문을 끝냈다.

　그 동안 나는 서울에 있는 다른 매스컴 회사로 직장을 옮겼다. 거기서 그간 진지하게 생각해온 결심을 굳히기에 이르렀다. 드디어 떠나야 할 때가 왔다. 언론사를 떠나야 할 뿐 아니라 한국을 떠나 캐나다의 집으로 아주 떠나야 할 때였다.

나는 한국을 사랑했다. 이제 한국은 나에게 또다른 고향이었다. 서툴었던 한국어도 유창해졌고 친구와 동료 그리고 지인 등 폭넓은 관계를 만들었다. 반면 토론토에는 가족과 친척을 제외하면 아무도 없었다. 그동안 이메일을 주고받기는 했지만 몇 년 전 언론사에서 일하려고 뉴욕으로 옮긴 가장 친한 친구 바스와도 최근 들어 점점 소원해지고 있었다. 그는 내가 토론토에서 만난 친구들 중 마지막으로 떠나보내야 할 친구가 되는 것이다. 아, 나는 한국에서 여성들과의 만남도 있었다. 아름다운 한 여성과 거의 결혼까지 생각하고 있었던 것이다.

　　하지만 결국 나는 캐나다에 2년에 한번씩 갈 때마다 점점 낯설게 느껴지던 부모님과 형제들, 사촌들이 너무나 그리웠다. 지구 반대편에서 각자 살아가다 보니 시간이 갈수록 우리 사이의 문화적 틈은 살짝 깨진 유리가 나중에 확 벌어지듯이 점점 더 넓어지는 것만 같았다. 이러다가 아무런 흥미도 경험도 공유하지 못한 채 우리에게 공통점이라고는 생물학적인 DNA만 남게 되는 것이 아닌가 걱정되었다. 하키 경기와 NHL경기를 TV로 시청하던 것도 그리웠다. NHL과 관련된 뉴스는 한국에서도 여전히 찾아보고 있었지만 그외 캐나다의 느린 삶의 속도, 자유로운 옷차림과 행동, 다문화적 다양성, 서로서로 주고 받는 미소와 다양한 피부색까지도 그리웠다. 사람에게는 그가 태어나고 자란 문화와 관습의 힘이 이토록 뿌리깊은 영향을 미치는 것이다.

"무엇을 도와드릴까요?"

대한항공 승무원이 친절한 눈빛으로 미소 지으며 물었다.

"와인 있나요?"

나는 가라앉은 목소리로 물었다. 방금 잠에서 깬 참이었다.

"네, 있습니다. 레드로 하시겠습니까, 화이트로 하시겠습니까?"

잠시 뒤에 승무원은 붉은빛 와인이 가득한 잔을 가지고 돌아

왔다.

"레드와인 가져왔습니다."

그녀는 두 명의 승객 너머에 앉아 있는 나를 향해 몸을 기울

이고 잔을 탁자에 내려놓았다.

"고맙습니다."

와인의 오크향이 승무원이 남기고 간 시트러스 계열 향수와 어우러져 공중에서 떠돌아다니면서 나의 잠을 깨웠다. 나는 자리에 똑바로 앉아서 잔을 들고 창 밖을 내다보았다. 머리카락이 뒤통수에 눌러붙은 모습이 창에 비쳤다. 헝클어진 머리를 다른 한 손으로 풀었다.

비행기는 광활한 태평양 상공을 날고 있었고 토론토에 도착하려면 아직도 10시간을 더 가야 했다. 나는 의자에 깊숙이 기대앉아 와인을 홀짝거리며 내가 떠나온 작은 반도를 생각했다. 애당초 4년 공부하러 갔다가 12년 동안 공부와 일을 하며 한국에 머무른 것이다. 나는 그 사실이 믿기지 않아 고개를 저었다.

이것이 내가 그동안 걸어온 인생이었다. 내 머리에서 일어나는 아이디어와, 나는 이것을 이론이라고 한다, 실제로 일어난 일들 사이는 계속해서 조화를 이루지 못했다. 이 두 가지는 서로 좋은 친구가 되지 못했다. 생각 즉 이론은 '일어나서 장미 향을 맡아봐.'라고 속삭이고, 현실은 '일어나서 소똥 냄새를 맡아봐.'라고 꾸짖었다.

자, 지난 시간을 정리해보자. 나는 서울대학교에서 동양철학을 공부하려고 하였으나 영문학과를 졸업했다. 그 다음으로 한국 사찰에서 인생의 가장 중요한 질문에 대해 깊이 숙고하면서 현자처럼 살아가는 법을 배우려 했으나 기본을 익히는 단계에서 포기해버렸다. 내가 이상적인 일이라고 마음속에 그리던 직업은 하키까지 포함하면 5가지였는데 이들은 모두 마음이라는 궁전 안에 순수하고 웅장하게 갇혀 있었다. 그래서 그런 궁전에서 벗어나와 현실로 내려오려고 하였더니 이번엔 가파른 언덕과 웅덩이 그리고 진흙더미에 미끄러졌다.

그렇다고 결과가 항상 안 좋은 것은 아니었다. 어떤 때는 안 좋았던 것들이 좋게 작용하기도 했다. 어릴 적에 아버지는 전통적이고 엄격한 교육관을 가지고 있었다. 당시 나는 그러한 교육법을 경멸했다. 나는 아버지가 너무 가혹하다는 생각을 했고, 꼭 그래야만 하는가 하는 의문을 가졌다. 그러나 판소리를 공부할 때 받았던 교육방식이 바로 그러한 전통적인 교육 방식이었고 그걸 통해서 비로소 나는 내가 그들과 한 가족이 되었다는 느낌을 받았다. 더 아이러니컬하게도, 서울대학교 신입생 때 해야 했던 '소감 한마디' 발표는 언제나 고통스럽고 벌을 주는 것에 불과했다고 여겨졌지만 나중에 냉혹하기만 한 언론계의 환경 속에서 바로 그러한 발표가 동료들과 좀 더 친밀해질 수 있는 기틀을 마련해주었다.

이만큼 살다보니 언젠가는 최악의 순간이라고 여긴 것들이 사실은 최선일 수도 있다고 여겨졌다. 동국대학교 논문 지도교수로부터 들었던 한국 속담인 '새옹지마'라는 고사성어가 생각났다.

후에 나는 이것이 중국 도교의 우화에서 나온 말이고, 영어권에서는 '무엇이 좋고 나쁜지 누가 알겠는가?'라는 이야기로 더 잘 알려져 있다는 것을 알았다. 몇 번의 혹독한 실패를 지나온 지금, 이 동방의 이야기는 내 마음에 엄청난 자각을 불러일으켜주었다.

세번째 이야기

지금
여기가
나의 세계

내가 얻은 것은 행복이 아니라 마음의 평화였다

12년 만에 돌아온
캐나다

노스요크(North York)라고 부르는 토론토 인근의 교차로에 위치한 이곳 셰파드 센터는 2시간이면 다 돌아볼 수 있을 정도의 작고 매력적인 쇼핑몰이다. 쇼핑몰 1층 가장 한적한 곳에 우체국이 하나 있었다. 우체국은 셰파드 지하철역으로 이어지는 어두컴컴한 중앙 홀 아래로 1층에서는 동떨어진 곳이다. 그곳은 지하철로 내려가는 손님들이 눈길을 돌리다 우연히 발견할 수 있을 만큼 외진 곳이었다. 하지만 겉보기와는 다르게 우체국은 꾸준히 잘 운영되고 있었다. 우체국 카운터 앞 오른쪽에는 '아이클릭'이라고 부르는 제법 크고 안락한 인터넷 카페가 있었다. 나는 '아이클릭'의 카운터 뒤에 있는 나지막한 가죽 의자에 앉아 있었는데 가게 입구로 들어서는 손님들 눈에는 나의 정수리만 조금 보였다. 가급적 나는 사람들 눈에 띄지 않게 숨어있는 듯 앉아 있는 것이 좋았다.

누나는 부모님이 물려준 우체국의 새로운 관리자였고, 나는 가끔씩 나와서 누나 일을 도왔다. 이 새로운 세계에서 인생은 달팽이가 기어가는 것 같이 느린 속도로 흘러갔다. 나는 카운터에 앉아서 돈을 받기만 하면 되었다. 무슨 마감 때문에 서두르지 않아도 되었고, '소감 한마디' 같은 발표나 시키는 일이 끝난 뒤의 회식에 가지 않아도 되었으며, 폭음을 할 만큼 스트레스를 받지도 않았다. 나는 천만 인구에서 4백만 인구가 사는 곳으로 하루 만에 돌아왔다. 바뀐 것은 버스나 지하철을 탈 때 어깨를 부딪치는 일이나 옷에 손자국이 남는 일이 없어졌다는 것이다. 길가에 버려진 쓰레기가 보이지 않았고 모든 것이 질서정연했다. 자동차가 빵빵 거리는 소리는 사라졌고 네온불빛에 눈이 부시던 순간도 마찬가지였다. 높은 굴뚝과 자동차 매연이 없었기 때문에 자주 공원에 나가 자전거를 탈 수 있었다.

드디어 훨씬 편한 언어로 말할 수 있는 곳으로 돌아왔지만 막상 말을 하려고 하면 한국 단어나 문장이 먼저 떠올라서 말을 더듬기도 했다. 하지만 이것은 여기서 8574Km나 떨어진 한국에서 내가 꽤 오랜 시간을 보냈다는 것을 상징하는 마지막 유물이었고, 그곳에 살았다는 사실은 점점 안개에 뒤덮인 것처럼 희미해져갔다. 캐나다 땅을 밟는 순간 나는 과거와 연결된 촉수가 원천적으로 잘려나가 아무도 나를 알지 못하는 단골 동네술집으로 돌아온 것 같은 느낌이 들었다. 한마디로 나는 자유로웠다.

나는 편의점 위층, 한국으로 가기 전 살았던 보금자리 내 방으로 돌아갔다. 더 이상 무엇을 만들어 먹을지, 나가서 무얼 사 먹을지 고민하지 않아도 되었다. 엄마의 주방에는 항상 먹을 것이 마련되어 있었다. 아버지와 마찬가지로 이제는 일을 그만두셨기 때문에 시간적으로 여유가 있었던 엄마는 머리카락이 희끗희끗해지고, 동그란 눈은 옆으로 더 늘어졌으며, 통통했던 몸도 야위어서 더 약하고 늙어 보였다. 내가 돌아온 후 엄마는 신바람이 나서 요리를 했다. 거의 매일 저녁 집에서 한국식 양념갈비 굽는 냄새가 진동했다. 그녀는 지난 12년간 자식을 돌보지 못한 시간을 보상하려는 것처럼 보였다. '네가 한국에 있을 때 나는 이렇게 좋은 음식을 얻어먹지 못했단다.'라고 아버지가 농담하실 정도였다.

　　나는 가끔 아버지의 눈빛이 한풀 꺾여 있다는 생각이 들었다. 집으로 돌아 온 후 아버지와 많은 대화를 나누지 않았다. 아버지는 캐나다로 힘들게 이민 와서 하루에 16시간씩 일을 했고, 당신이 번 돈을 아들에게 쏟아 부었다. 바로 그 아들에게 '무엇을 해야 할지 모른 채 집으로 돌아온 건가?'라고 입 밖으로 말하지 않았을 뿐 두 눈은 그 말을 숨기지 못했다. 아버지가 나이가 들면서 부드러워진 걸까? 그럴 리가 없었다. 걸을 때 어깨가 구부정해지고, 더 천천히 무겁게 걷는다고 해서 아버지가 느긋한 사람이 되었다고 할 수는 없었다. 그렇다면 왜 어느 날 아침 나를 불러 세우고 '용두사미'라는 고사성어를 말했겠는가.

아버지는 내가 전통적인 한국 아들의 역할을 망쳤기 때문에 행복할 수 없었다. 나는 결혼도 하지 않은 33살 노총각에 직업도 없이 집으로 돌아왔다. 지금쯤이면 안정적인 수입이 있어야 하며 평범한 저택에서 단란한 가정을 꾸려나가고 있어야 했다. 그리고 아이들 중 하나는 대를 잇는 아들이어야 했다. 나와는 반대로 누나와 동생 희재는 잘 살고 있었다. 누나는 우체국을 운영하고 있었고 아파트를 소유하고 있었으며, 한국계 캐나다인 2세인 로이와 결혼을 전제로 만나고 있었다. 희재도 약혼자인 영국계 캐나다인 오라이온 암스트롱이 운영하는 인쇄회사에서 책임자로 일하고 있었으며 얼마 전부터는 함께 살 집을 구하러 돌아다니기 시작했다. 신나 있었다.

토론토대학교 평생교육원
한국어 강의

캐나다로 돌아온 지 얼마 안 지
나서 일전에 강사 자리를 알아보았던 토론토대학교 평생교육원
(School of Continuing Studies)에서 연락이 왔다. 서울대학교와 동국
대학교에서 받은 학위를 제3 기관이 공인해준 증명서와 이력서 그
리고 몇 가지 서류를 더 제출했다. 전화와 면접을 마친 후 나는 '한
국어 초급회화' 강사 자리를 제안 받았다. 강의는 가을에 시작하고
일주일에 한번, 2시간씩 저녁 시간이었다.

　　10월의 어느 월요일 저녁, 첫 번째 한국어 수업을 위해 나
는 토론토대학교 캠퍼스에 있는 12층짜리 콘크리트 건물인 OISE
(Ontario Institute for Studies in Education)에 도착했다. 서울대학교나
동국대학교와는 달리 토론토대학교는 어디가 시작이고 끝인지를
찾기 어려웠다. 캠퍼스 건물들은 토론토의 중심가에 드문드문 흩
어져 있으며 현대적인 상업건물과 빅토리아와 고딕양식의 건축물

들이 조화롭게 섞여 있었다.

강의실로 가서 교실 앞 벽에 걸려 있는 시계를 올려다보니 오후 6시 35분이었다. 수업에 등록한 8명의 학생은 아직 아무도 도착하지 않았다. 나는 칠판으로 가서 분필과 지우개가 있는지 확인한 뒤 나무로 된 교탁 위에 배낭을 올려놓고 교재와 강의계획서를 꺼내서 마지막으로 내용을 점검했다.

학생들이 하나둘씩 들어오더니 오후 7시가 되자 전원이 도착했다.

"안녕하세요, 여러분."

나는 손바닥을 마주치면서 입을 열었다.

"저는 강사를 맡은 글렌 최입니다. 만나서 반갑습니다. 그리고 이번 학기가 끝날 때, 여러분들 모두 한국인처럼 말할 수 있게 하는 것이 나의 목표입니다."

웃음이 터졌다.

"그럼 시작하기 전에 저는 여러분들의 이름과 어떤 이유로 한국어를 배우게 되었는지 알고 싶습니다. 한 명씩 말해봅시다."

"네. 안녕하세요. 제 이름은 잭입니다. 내가 이 수업에 온 이유는 아내가 한국인이기 때문입니다. 아내의 언어를 좀 더 배우면 좋겠다는 생각에서 왔습니다."

"안녕하세요. 나는 그레그입니다. 나 역시 한국인인 아내의 가족들과 대화를 나누고 싶기 때문입니다."

"안녕하세요. 나는 사라입니다. 남자친구가 한국인이라 한국어를 배우고 싶습니다."

내가 장난스럽게 두 손을 들면서 끼어들었다.

"질문이 좀 달라야 할 것 같네요. 로맨틱한 이유로 이곳에 오지 않은 사람이 몇 명인가요?"

웃음이 또 터져 나왔다. 소개를 끝내고 보니 8명의 학생 중 한 명만 제외하고는 한국어를 배우려는 이유가 자신의 배우자나 연인이 한국인이어서였다.

이제는 나도 좀 더 개인적인 것들을 이야기해야 할 때였다.

"저의 이야기는 여러분들만큼 로맨틱하지는 않습니다…. 음, 좀 다르게 로맨틱한 이야기죠. 나는 나의 직업을 찾는 데 빠져 있었습니다."

나는 지금까지의 이야기를 아주 간단하게 요약해 말했다.

"대단하네요. 그 모든 것들을 하고 돌아왔다니요."

그레그가 말했다.

내가 미소 지으며 말했다.

"저는 인생을 쏟아 부을 수 있는 것을 찾아 헤매는 열정적인 사람이라고 할까요… 사실은 아직도 찾고 있는 중이지만요."

학생들과 나는 얼마 동안 더 농담을 주고받았다.

"좋습니다. 이제 시작해 보지요. 교재를 들어가기 전에 한국 문화에 대해 얘기해 볼까 합니다. 그 문화를 이해하기 전에 그 언어를 배울 수 없다고들 합니다. 이 말에 동의하십니까?"

나는 한국에서의 경험이 저장된 기억창고를 파헤칠 것을 생각하니 흥분되었다.

"우리가 다니고 있는 학교나 우리가 살고 있는 집에 대해 다른 사람에게 말할 때 우리는 어떻게 말하지요?"

"그게 정확하게 무슨 뜻이지요?"

사라가 물었다.

"아, 제 표현이 정확하지 않았습니다. 제가 말하고자 하는 것은, 영어로 '나의 학교'라고 하면 '저 곳이 내가 다니는 학교야'라는 뜻이지요. '나의 집'이라고 할 때도 '저 곳은 나의 집'이라는 뜻이고요. 그래서 우리는 이곳이라는 장소를 설명하려면 소유대명사인 '나의'를 사용합니다."

한 명만 빼고는 내 말에 동의하는 듯 긍정적인 반응이 있었다.

"음, 꼭 그런 것은 아니지요. 우리도 '우리 집'이라는 말을 때로 씁니다. 상황에 따라 다른 거지요."

존이 말했다. 나는 생각을 모으느라 잠시 쉬었다가 말을 이었다.

"네, 맞습니다. 가족과 함께 있을 때, 다른 사람에게 가족과 당신이 사는 집을 가리키면서 '저기는 우리 집이야'라고 말합니다.

"맞아요."

존이 대답했다.

"하지만 혼자 있을 때, 다른 사람에게 당신이 사는 집을 가리키면서 이렇게 말합니다. '저기가 나의 집이야.' 하지만 한국 사람은 언제나 '우리 학교', '우리 집'이라고 말합니다."

그때 진이 나의 말을 막으며 물었다.

"왜 그런 거지요? 가족들과 같이 있지 않은데도 '우리'라는 말을 쓰는 것은 좀 이상한데요."

"한국 문화는 캐나다에 사는 우리들에 비해 집단과 전체를 중요하게 여깁니다. 그에 비하면 캐나다는 좀 더 개인을 중시합니다. 그것이 우리가 더 이기적이라는 말은 아닙니다. 그냥 문화가 다른 것입니다."

"그렇군요."

진은 이야기를 더 듣기를 바란다는 투로 대답했다.

"그래서 한국 사람들은 자신들이 사는 집이나 학교를 가리키면서 말할 때 항상 전체를 중심으로 사고합니다. 그들의 정체성은 조금 더 집단적입니다. 자신이 속한 그룹, 가족이나 직장은 자아의 연장선에 있는 것이라고 봅니다. 그래서, 한국에 가서 '나의 학교', '나의 가족'이라고 말하면 한국 사람들은 '무슨 말이야, 가족을 자신이 소유하고 있다는 말이야?'라고 생각할 수도 있습니다."

이 말에 사람들은 미소를 지었다.

그날 밤 집으로 돌아와서도 강의를 하면서 느꼈던 흥분이 가라앉지 않았다. 이야기를 많이 해서 몸은 피곤했지만 오히려 치유된 것 같은 기분이 들고 다음 주가 기다려졌다.

아르바이트와
박사학위 도전

나는 강사직 말고 남는 시간 동안 할 수 있는 다른 파트타임 일을 찾기로 결심했다. 토론토 중심에 있는 미국 유명한 체인상점 홀푸드마켓(Whole Foods Market)에 서류를 넣었고 바로 메인터닌스부(청소부)로 채용되었다. 내가 일을 더 찾은 이유는 첫째, 캐나다 친구들처럼 10대에 아르바이트를 한 적이 없었던 것이 왠지 아쉽게 생각되었다. 나는 학교에서든 직장에서든 책상이나 컴퓨터 앞에 앉아서만 살아온 응석받이라고 느껴졌다. 이제는 그런 삶에서 벗어나서 하루 종일 구부리고, 들고, 움직이고 싶었다. 그리고 그런 변화를 통해 힘을 끌어 올리고 활력을 찾기를 원했다. 부모님은 이런 나의 마음을 이해 못할 것 같아서 몰래 지원했다. 두 번째 이유는 최저임금에 파트타임 일이지만 돈을 조금이라도 더 벌자는 것이었다.

　1주일에 3번, 4시간씩 일을 시작한 나는 유니폼인 검은 앞치마에 모자를 쓰고 일에 덤벼들었다. 가게는 언제나 허브와 향신료, 갓 구운 패스트리와 피자, 신선한 유기농 커피향이 가득했다. 나는 쇼핑카트 바퀴자국이 남아 있는 곳과 대용량식품 코너 바닥에 짓눌린 건포도를 찾아다니며 바퀴자국을 닦았다. 또 엘리베이터 벽을 닦고 화장실을 말끔하게 청소했다. 손님이 글루텐이 없는 식품이나 저자극성 화장품이 어디에 있는지 물어올 때면 식품 코너나 화장품 코너에 있는 직원에게 달려가 나도 배우기 위해 손님과 함께 상품설명을 듣곤 했다.

　나는 직원들 사이에서 느끼는 동지애를 좋아했다. 일을 하러

가면 이제 막 대학공부를 시작한 커피 코너에 있는 리즈(Liz)에게 말을 걸고, 에콰도르계 캐나다인 청소부인 50대 남성에게 스페인어를 배우고, 조리식품 코너의 던(Don)과 농담을 주고받았다. 잘 정돈된 희끗희끗한 수염에 두꺼운 검은 테 안경을 쓰고 있는 던은 직업을 잘못 선택한 것 같이 보였다. 얼핏 보면 '사인필드(Seinfeld, 미국 시트콤 드라마)'의 작가처럼 사소한 것들에 엄청난 철학적 의미를 부여하고 부풀리는 버릇이 있어 주변 사람들을 당황스럽게 만들곤 했다.

그런데 4개월이 흐르자 그동안 많이 겪었던 '직업병' 증상이 또 나타나기 시작했다. 나의 에너지는 점점 약해졌다. 청소와 걸레질이 끝나면 근육과 관절이 아파오기 시작했다. 화장실 입구로 손님을 안내하기 보다는 이제는 팔을 들어 방향을 가리켰다. 몇 분일찍 직장에 도착하기는커녕 점점 몇 분씩 늦게 도착하게 되었다. 하루하루가 새롭기 보다는 똑같은 날의 연속이었다. 출근할 때 맡은 커피, 패스트리, 허브향도 오늘 또 완전 지루한 시간을 기대해도 되겠다는 것을 알려주고 있을 뿐이었다.

어느 날 오후 나는 생산부서에서 걸레질을 한 후 직원실로 돌아왔다. 개수대에서 대걸레를 빨고 있는데 큰 소리로 방송이 흘러나왔다.

"청소부는 고객센터로 오세요. 청소부, 고객센터로 오세요."

나는 재빨리 하던 일을 마무리하고 한 손에는 대걸레 손잡이를 쥐고 다른 한손으로는 노란색 양동이의 삐그덕 거리는 바퀴를 밀면서 고객센터로 향했다. 현장에 도착했을 때 거기에는 클램 차우더(조개를 넣은 수프)로 보이는 걸쭉한 액체가 바닥에 흘러 있었다. 고객센터 카운터 옆에는 개 한 마리가 머리를 이리저리 돌려 고객들을 바라보며 묶여 있었다. 고객센터 동료가 씁쓸한 미소를 지으며 내게 달려왔다.

"아, 저 개가 토했어요. 징그럽죠? 미안하지만 치워주겠어요? 고마워요, 글렌."

그녀는 재빠르고 쾌활한 목소리로 말했다.

"괜찮아요."

나는 최대한 무표정한 얼굴을 하며 대답했다. 직원실로 돌아와 양동이에 담긴 오물을 버리면서 나는 깊은 한숨을 내쉬었다. 여기서 일하면서 나의 최종 목표가 과연 무엇일까? 나는 15분간 휴식을 가지기로 하고 앞치마와 모자를 직원실에 벗어두었다. 머리를 식히려면 눈을 밟으러 나가는 게 좋겠다 생각하고 코트를 걸치고 바지 주머니에 손을 넣은 채 에스컬레이터에 올랐다.

나는 의외로 이전에 아버지가 용기를 주기 위해 들려줬던 말을 떠올리며 기운을 북돋았다. 그 말은 나의 주문과도 잘 맞아떨어졌다.

'대기만성!'

위대한 사람은 늦게 꽃을 피운다는 말이다. 더 큰 일을 하기 위해서는 충분히 성숙되어야 하기 때문이다. 그러나 성숙의 과정은 오랜 세월의 다양한 인생 경험을 필요로 하고 공통된 줄기들이 하나로 합쳐지는 것이다. 그것은 일반적으로 퇴보나 후퇴가 아니라 전진이 된다.

박사학위에 대해 다시 한 번 떠올렸다. 지금이라면 박사과정을 시작할 수 있는 충분한 준비가 되어 있는 것 같았다. 서울대학교에 입학하고 11년이 지났다. 그 시간의 거의 반 정도를 학교에서 공부하면서 지냈고, 나머지 반은 다양한 인생 경험을 해보았다. 일터로 돌아가기 전에 이미 나는 결심을 굳혔다. 이제는 움직여야 할 시간이었다. 홀푸드에서 떠나야 할 시간이었다. 원점으로 돌아와서 박사과정으로 뛰어들 시간이었다. 더 이상 담쟁이덩굴 건물이나 안락한 검은 가죽의자, 파이프 담배 연기, 감청색 카디건 스웨터 같은 것을 떠올리지 않았다. 나는 단지 뛰어들어서, 졸업을 하고, 가르치는 직업을 가지고 싶었다.

그러자면 우선은 계획을 세워야 했다. 일 년 전 참석했던 학술회의가 생각났다. 오타와대학교의 한 종교사회학 교수가 캐나다의 불교, 그 중에서도 불교를 신앙으로 가지고 있는 아시아 이민자 자녀의 종교활동에 관해 발표했었다. 나는 그 전에는 이러한 주제가 학술발표 내용이 될 수 있다는 사실조차 알지 못했다. 그의 발표가 나의 관심을 끈 이유는 그의 조사 대상이 나처럼 한국인 이민자 자녀이자 불교신자인 사람들로, 기독교라는 골리앗에 대항하는 불교의 다윗과 같은 존재들이었기 때문이다.

인터넷으로 찾아보니 그 종교사회학 교수의 이름은 피터 바이어(Peter Beyer)였다. 나는 캐나다에 거주하는 젊은 한국인 불교신자 연구에 대한 나의 생각을 그에게 이메일로 보낼 생각이었다. 그가 좋다고 한다면 논문의 지도교수가 되어달라고 요청하려 했다. 나의 결심에 스스로 만족했다. 마침내 가장 알맞은 길을 가게 되는 것이다. 즉 불교 분야에서 석사학위에 이어 박사학위를 취득하는 것이다. 지금까지 해왔던 것처럼 완전 다른 모습으로 나를 바꿀 필요가 없었다. 박사학위를 취득하는 것은 밑바닥이 아니라 적어도 중간부터 시작해서 언덕을 오르는 것이었다. 학위를 취득하고 나면 나는 대학교에서 강의를 할 수도 있을 것이다. 그리고 나의 결정에 기뻐하는 것은 나뿐만이 아니었다.

"아 그래?"

어느 날 늦은 오후, 방으로 들어서니 아버지가 대답했다. 언제나 그렇듯이 아버지는 누나가 부모님에게 선물한 갈색 벨벳 소파에 앉아 있었다. 그는 와인색 잠옷을 입고 다리는 의자에 얹어놓은 채 케이블 TV에서 방영되는 잉글리시 프리미어 축구 경기를 시청하고 있었다. 거실에 있는 TV는 엄마 차지로 한국 연속극을 보고 있는 중이었다. 아버지는 간신히 몸을 일으켜서 다리를 바닥에 내려놓았다. 아버지의 눈빛이 빛나는 것을 보았다.

"박사라… 좋지. 아무나 할 수 있는 것이 아니지. 좋아, 아주."

나는 오타와대학교와 피터 베이어 교수에 대해서도 말했다.

"집에서 그렇게 멀지도 않고 여러 가지로 아주 좋네."

아버지가 말했다.

그의 얼굴에는 희미한 미소가 떠올랐다.

"난 나이가 많아. 벌써 68이야. 이제는 네가 엄마와 나를 돌봐야 해."

"네, 그동안… 감사드려요."

나는 이번에도 말을 딱딱하게 했다. 그러면서도 이렇게 말하고 있는 자신에게 놀랐다. 아버지에게 이렇게 분명하게 감사하다는 말을 한 것은 이번이 처음이었을 것이다. 그동안 나는 아버지에게 감상적인 말을 하는 것은 나약한 것이라고 생각해왔기 때문에 이상하고 무력한 기분이 들었다.

"젊었을 때 나는 다른 가족들보다 먼저 캐나다에 왔지. 나중에 형제들과 누이동생과 부모님이 캐나다로 올 때 내가 도움을 줬어."

아버지는 회상에 잠긴 목소리로 말하고 잠시 아무 말이 없다가 빙그레 웃음 지었다.

"1970년에 처음 이곳에 왔을 때 내 주머니에 $5밖에 없었다는 거 알아? 피어슨 공항에 도착한 첫 날 돈을 많이 잃었지. 그때는 어떻게 공중전화를 사용하는지도 몰랐고…."

"네, 전에 들었던 것 같아요."

"네 엄마와 나는 서울에서는 고등학교 교사였지만 캐나다에서 돈을 벌기 위해 그 직업을 포기해야만 했어. 그리고 CCM(스포츠 장비를 제조하는 공장)에서 처음으로 일했고 그 다음은 잡화점, 우체국… 어쨌든, 내가 말하고 싶은 것은 나도 공부를 더 하고 싶었지만 그럴 시간이 없었어. 너희 한국인 2세 세대는 그럴 수 있으니 얼마나 럭키한 거니."

희망에 찬
새 출발

맑고 청명한 4월이었다. 나는 오타와대학교 캠퍼스를 향해 걷고 있었고 눈 앞에는 푸른 하늘이 광활하게 펼쳐져 있었다. 토론토와는 다르게 오타와 시내는 대부분 저층 건물들이었다. 길거리는 고요하였으며 들리는 것은 차들이 휙휙 빠르게 지나가는 소리 뿐이었다. 프랑스어로 쓰인 간판과 교통신호가 자주 눈에 띄었으며 지나가는 사람들 사이로 여기저기서 프랑스어가 들렸다. 캐나다의 공식 언어는 영어와 프랑스어라는 사실이 더 이상 TV나 글에서나 보아왔던 이야기가 아니었다. 지금 내가 살고 있는 이곳에서는 그것을 제대로 실감할 수 있었다. 프랑스어 공부를 다시 해야겠다는 생각이 들었다. 토론토에서 북쪽으로 조금 올라왔을 뿐인데 다른 나라, 다른 문화에 있는 것 같이 낯설었다.

시내 중심가에서 엎어지면 코 닿을 거리에 있는 오타와대학

캠퍼스는 사각형의 대지 안에 깔끔하게 둘러싸여 있었다. 인문학 건물 2층으로 올라가서 흐릿한 불빛이 있는 복도를 따라 내려갔다. 학생이 한 명도 보이지 않았다. 4월의 마지막 날이라 대부분의 학생들이 여름방학을 맞아 집으로 돌아갔기 때문일 것이다. 벽에 붙어 있는 이름표와 방 번호를 찾으며 걷다가 피터 바이어 박사라는 이름을 찾았다. 살짝 열려 있는 문을 두드리자 안에서 '들어오세요.'라는 대답이 들렸다.

"안녕하세요, 바이어 교수님."

나는 문을 밀면서 목을 앞쪽으로 빼고 인사를 했다. 한국식 인사법은 쉽게 사라지지 않는 오래된 습관이었다. 내 앞에는 약간 구부정한 자세로 키보드를 두드리고 있는 안경을 쓴 마른 남성이 앉아 있었다. 그의 대머리는 형광불빛을 받아 반짝이고 있었으며 회색 머리카락이 옆쪽과 뒤쪽으로 둘러서 나 있었다. 피터는 하던 일을 멈추고 나를 돌아보았다.

"글렌이지요?"

내가 그렇다고 말을 하기도 전에 그가 말했다.

"당신이 얼마나 진귀한 존재인지 알고 있나요?"

나는 머뭇거렸다.

"어…."

"캐나다에는 260명밖에 없어요!"

그의 말은 사실이었다. 그의 최근 소논문을 읽었기 때문에 그가 하는 말의 의미를 알아들 수 있었다. 그는 최근의 캐나다 인구 조사 통계를 말하고 있는 것이었다.

"캐나다에 있는 2세대 한국 불교신자들은 모두 어디로 사라졌을까요? 그걸 알려고 당신이 여기 온 이유겠지요."

"네. 맞습니다."

나는 여전히 주변을 살피면서 그의 책상 건너편에 앉았다. 피터는 의자를 똑바로 세우고 나를 바라봤다.

"자, 지금까지 공부해 온 것을 보면 특이하네요. 학사학위도 그렇고 석사학위는 연구 범위가 매우 전문적이었고⋯."

"네, 그렇습니다."

"석사논문에 대해서 말하자면, 꽤 괜찮아요."

"감사합니다."

나는 약간 놀라면서 대답했다.

"입학심사위원회에서 당신을 박사과정으로 받아들일지를 결정하는 데 어려움이 있기는 했어요. 나는 그들에게 '이 논문을 읽어봤느냐, 우리 석사과정을 졸업한 학생들과 같은 수준이다.'라고 했어요."

그의 말이 공기 중에 울렸다. 내가 논문을 한국어로 썼더라면 오늘 이 자리에 앉아있을 수 있었을까?

"알다시피 종교학을 공부하기 위해서는 선수과목을 들어야 해요."

"네, 그에 관해서는 이메일을 받았습니다."

몇 분 동안 피터와 나는 선수과목을 어떻게 짤 것인지를 의논했다.

"좋아요. 그럼 다시 연락합시다."

그가 말했다.

"네, 알겠습니다. 진행상황을 계속 보고하도록 하겠습니다."

인문학 건물을 나서면서 박사과정과 관련된 모든 일정들이 순조롭게 되어가는 것을 느꼈다. 지도교수도 괜찮고, 교수와의 첫 만남도 간결하고 부드럽게 지나갔으며, 선수과목을 어떻게 할지도 윤곽이 잡혔다. 그리고 석사학위 논문을 영어로 쓴 것이 얼마나 내게 이득을 주게 되었는가 말이다. 이처럼 항상 모든 것은 나도 모르게 큰 뜻을 이루고 있었던 걸까? 젊은 날에 새긴 나의 기도문은 마치 한때 열정을 같이 했던 친구가 어느 순간 차가운 친구로 변모했었다가 이제 다시 따뜻한 미소로 화해의 손길을 내밀고 있는 것처럼 느껴져 가슴이 벅차올랐다.

고양이 키티와
시골 통나무집 살이

"이런 망할 놈의 신발 끈!"

나는 임대해서 살고 있는 숲속의 작은 오두막집 문을 닫고 데크 아래로 내려서다가 한쪽 신발 끈이 풀린 것을 보며 투덜거렸다. 걷다가 넘어져 머리가 깨졌더라도 이상할 일이 아니었다. 얼마 전 중고로 산 낡은 혼다시빅을 타고 비포장도로를 따라 달렸다. 길 왼쪽의 오두막집을 지나 지방고속도로를 올라타서 대학캠퍼스로 향했다.

나는 박사과정 4년차였고, 논문을 쓰느라 극심한 고통을 겪고 있었다. 최근에는 더 많이 읽고 쓸 수 있는 환경을 만들겠다며 자연과 가까운 숲속 통나무집으로 이사까지 했다. 내가 오타와를 좋아하는 이유는 시내에서 20~30분만 운전해서 나가면 비포장도로, 아름다운 마을, 소와 말을 방목하는 오래된 농장들, 거대한 단풍나무, 감미로운 양치식물들, 작은 새들과 캐나다 거위가 내는 불협화음, 끝이 보이지 않는 호수를 만날 수 있기 때문이었다.

나는 언제나처럼 학교 캠퍼스를 지나 주택가의 3시간 무료주차 구간에 차를 대었다. 엘리베이터를 타고 6층에서 내렸다.

"안녕하세요, 규훈씨."

나는 컴퓨터가 놓여 있는 칸막이 책상으로 걸어가며 말했다. 친구 규훈은 종교학부의 젊은 동기로 그는 이곳에서 박사과정을 공부하고 있는 한국인 유학생이었다.

"안녕하세요, 글렌. 잘 지냈어요?"

나는 그의 옆에 비어 있는 자리에 가방을 내려놓았다. 지난밤 이 자리에서 내가 먹었던 머핀 가루가 책상 위에 떨어져 있는 것을 발견했다. 홀푸드에서 청소부로 일할 때는 있을 수 없는 일이었다. 내가 턱으로 엘리베이터 방향을 가리키자 규훈은 바로 그 뜻을 알아챘다. 커피타임을 갖자는 것이었다.

"논문은 어떻게 되어가요?"

나는 한 손에 커피를 들고 2층 휴게실에 앉으며 물었다. 아마도 100번은 넘게 물었던 질문이었을 것이다.

"아직 여러 챕터를 더 다듬어야 해요. 글렌은 어때요? 한국인 불교신자 인터뷰 분석은 어떻게 되어가고 있어요?"

이것도 그가 100번도 넘게 내게 물었던 질문이었다. 영하 30도가 넘는 오타와의 겨울을 앞으로 몇 달간 또 다시 견뎌야 하는 날씨에 관한 이야기 외에는 우리가 할 수 있는 대화라고는 이것이

전부였다.

　칸막이 자리로 돌아오면 고되고 단조로운 세상이 다시 시작되었다. 나는 컴퓨터를 켠 후 USB 드라이브를 꽂고 나서 양 손으로 턱을 괴고 깊은 숨을 내쉬었다. 그리고나서 내 앞에 넘쳐나는 데이터 파일들을 멍하니 바라보았다. 앞으로 6~7시간 동안은 또 다시 나와 책 그리고 컴퓨터와 씨름해야 하는 것이었다. 어떤 때는 어떤 파일을 열어서 읽고, 어떤 파일을 인용할 것인지 결정하기 전에 1시간 동안이나 그렇게 맥없이 앉아 있기도 했다.

　더 많이 읽을수록 캐나다 이민자, 캐나다와 미국의 젊은 한국인, 서양에서의 종교와 이민, 북미 한국인의 종교, 북미의 불교와 관련된 책과 학술논문에 관한 참고문헌이 더 많이 생기는 것이었다. 나는 어떤 책을 읽을지 결정하기 위해 책을 읽었다. 더 많은 책을 찾을수록 논문을 마무리 지을 수 있는 날은 더 늦춰지는 것이었다. 그러나 이 정보의 심연에서 벗어날 수 있는 탈출구를 찾을 수 없었다. 내가 인용하고 참고하는 전문가들의 문헌이 늘어날수록 나의 논문은 더 포괄적이고 권위를 가지게 될 것이기 때문이었다. 한걸음 더 나가기 위해서는 긴긴 우회도로를 지나야만 했다.

　그 긴 시간 동안, 나는 한 페이지라도 쓸 수 있기를 기도했다. 내가 쓴 한 단락이 제대로 쓴 것인지를 고민했다. 그렇게 다음 단락으로 또 다음 단락으로 넘어가면 기분이 좋아졌지만, 이내 미묘

한 차이를 분석하느라 머리를 짜내야 할 일이 200페이지도 넘게 남았다는 사실을 깨닫게 되곤 했다.

이러한 생활에서 벗어나게 해주는 것이 있다면 밤에 집으로 돌아왔을 때 문 앞에서 나를 기다리고 있는 귀여운 천사였다. 바로 키티라는 이름의 토터셸 페르시안 고양이였다. 문을 열면 날카로운 '미야옹' 소리가 들리고, 아래를 내려다보면 길고 부드러운 흰색 털과 동그란 눈, 통통한 코와 앙다문 입 아래로 뻐드렁니가 튀어나온 귀여운 냥이였다. 키티가 바닥에서 한가롭게 몸을 늘어뜨리고 있는 것을 보는 순간이 내게 가장 즐거운 시간이었다. 무릎을 꿇고 냥이의 머리에서 꼬리까지 쓰다듬다보면 오두막집 바깥세상의 일은 모두 잊어버릴 수 있었다. 키티를 나에게 선물해준 누나에게 감사했다. 누나는 내가 오타와에서 혼자 사는 것이 적적할까봐 고양이를 선물해 주었다. 아마 누나는 어서 빨리 여자친구를 사귀었으면 하는 마음도 있었을 것이다.

괜찮아,
친구

어느 늘어진 일요일 오후. 지구는 일주일의 회전을 멈추고 은하계의 안식일을 맞이했고 나의 오두막은 정적만이 고요하게 흐르고 있었다. 나는 발목이 해어진 낡은 내복을 걸치고 햇살이 비치는 거실에서 식탁 겸 책상으로 사용하는 긴 나무탁자 앞에 외로이 앉아 있었다. 팔꿈치를 책상에 놓고 주먹으로 턱을 괴고 앉아 있자니 눈 앞에 놓인 워드프로세서 화면이 나를 노려보고 있었다. 나는 컴퓨터 모니터에 반사된 자신의 모습을 오랫동안 바라보았다.

이제는 솔직해져야 할 시간이었다.

나는 바보다.

나는 이제 마흔 살이 되어가고 있으며 연구조교로 일을 하면서 한 달에 1,000불(원화로 1백만원 정도)이 조금 넘는 돈을 버는 것이 전부였다. 그동안 장학금을 받아서 수업료를 내지 않아도 되는 것은 좋았지만 이제 그 시절은 다 지나갔고 얼마 남지 않았다. 내키지 않아도 의무적으로 해야 했던 옛 직업들, 안정적으로 월급을 받던 그 당시를 갈망하고 있었다. 그러나 지금 나의 모든 시간과 에너지는 전문용어들로 꽉 막혀 있는 논문을 쓰는 데 사용하고 있다. 논문 주제는 범위가 너무 국한되어 있기 때문에 많아도 10명이나 읽을까 말까 한 내용이었다. 논문을 쓴다는 것은 매우 엘리트적인 작업이었다. 하지만 나는 엘리트가 아니라 엘리트를 사칭하는 사람에 불과하다는 느낌을 지울 수 없었다. 만약 지금 내가 쏟아부은 에너지와 노력을 의학에 기울였다면 지금쯤 암 치료제를 개발했을 수도 있고 다른 인생을 살고 있었을 수도 있을 것이다.

게다가 나는 아직도 미혼이었다. 실제 내가 데이트를 하고 있을 때, 내 앞에 앉아 있는 상대 여성에게 거짓말을 하고 있는 것 같은 더러운 기분을 떨쳐버릴 수가 없었다. 왜냐하면 언제나 나의 신념과 자신감은 항상 내 정체성 속에서 우러나는 것이었다. 그러나 현재 나의 정체성이라면 여전히 박사학위 준비 중인 학생에 불과했다. 마음 깊은 곳에서 불안과 불행의 덩어리가 썩어 문드러졌지만 겉으로만 멋지고 그럴싸한 지성인인 것처럼 행동하고 있을 뿐이었다. 누군가를 상대할 때마다 나는 진심으로 그를 대하기가 힘이 들었다. 하물며 그것이 환심을 사고 싶은 아리따운 데이트 상대방이면 오죽 했겠는가.

논문을 쓰고 있는 속도로 볼 때 내가 교수를 하려면 5년에서

10년은 족히 기다려야 할 판국이었다. 운이 좋다면 50살이 다 되어서 겨우 강의를 시작할 수 있을 것이다. 다른 사람들이라면 그 나이에는 이미 퇴직을 생각하고 있을 때였다. 결말은 과정을 정당화시켜주지 못할 것 같았다. 나는 박사과정에 들어온 것에 실망하고 낙담했다.

거기에 또 하나 깨달은 것이 있다면 박사학위는 나에게 맞는 일을 찾기 위한 6번째의 시도라는 것이다. 그것은 심하게 피가 흐르는 상처에 소금을 뿌린 격이었다. 여섯 번이나. 어떤 미친놈이 그렇게까지 하겠는가? 나는 다른 사람들은 어떻게 살아가는지 잘 알고 있다고 생각했고, 그들은 그 길을 잘 가고 있는 것처럼 보였다. 나는 왜 이렇게 헤매고 있을까? 나는 미치광이 과학자처럼 여러 분야에서 나를 시험해보았던 것이다. 직업 중심으로 세상을 보는 나한테 일이 이렇게까지 꼬였다니…. 원래의 계획대로라면 늦어도 30대 초반에는 자신이 좋아하는 일을 찾아서 그 분야의 전문가가 되어 있어야 했다. 승려가 되는 것에 대해 고민하던 짧은 기간을 제외하면, 나도 30대 중반이 되면 사랑스런 아내 그리고 아이들과 함께 삼나무 데크에 둘러싸인 호숫가 집에서 석양을 바라보며 로제와인을 홀짝거리고 있을 것이라고 생각했다.

이 모든 것이 헛된 꿈이었다는 사실이 놀라웠다.

이번에는 인내의 한계에 다다랐다.

나는 지칠 대로 지쳐 있었다. 할 만큼 했고, 망가지고, 아무것도 남은 것이 없었다. 나의 엔진은 점점 느려지더니 완전히 멈춰버렸다. 더 이상 나에게 긍정적인 힘을 주려는 의지가 남아있지 않았다. 오히려 그런 주문들은 점점 지긋지긋해지고 이제는 믿음조차 가지 않았다. 이 상황을 불평하거나 욕할 수 있는 힘조차도 남아있지 않았다. 나는 냉정한 현실을 직시하고 있었다.

'자, 세상아, 네가 이겼어.
괜찮아.
더는 박사과정을 끝낼 필요도 열정을 쏟을 무언가를
찾을 필요도 없어.'

'그런데 이게 뭐지?' 나는 마음 한구석에서 이렇게 모든 걸 놔버리면 우울의 심연에 빠질까봐 걱정했었는데 그러질 않았다. 오히려 나는 마음의 눈으로 요동치는 마음의 물결이 최정점에 올라갔다가 다시 내려오고 있는 것을 바라보고 있었다. 나는 그 순간의 나의 생각과 감정을 마치 미끄러져 내려오는 모니터 속의 뇌파인 것처럼 지켜보고 있었다. 그것은 아주 오랜 시간 숨을 참았다가 내뱉는 것 같은 그런 느낌이었다. 이와 함께 마음 깊은 곳에서부터 고요와 충만의 깊은 물결이 나에게 밀려왔다. 언제 이런 느낌을 마지막으로 경험했었는지 기억할 수가 없었다.

'잠깐, 이게 뭐지?
나는 지금 박사과정을 계속하고자 하는 의지도,
나의 정체성도, 행복도 모두 잃었는데
그런데 기분이 그다지 최악은 아니잖아?'

머리 속에 전기가 다시 들어왔다. 천천히 머리의 바퀴가 돌아
가기 시작했다. 이전에도 고요함을 느껴본 적은 있었지만 이번에
느낀 고요는 질적으로 뭔가 달랐다. 훨씬 충만하고 만족스러웠다.
지금까지 나는 내가 원하는 대로 인생이 흘러가면 고요와 행복을
느꼈고 그 반대라면 큰 실망으로 화가 나곤 했다. 그런데 이 새로
운 고요는 외적인 조건이 부리는 변덕에 휘둘릴 만큼 말랑하고 허

약한 성격의 것이 아니었다. 이것은 절대적이었다.

나는 의자에 기대 앉아 오른손 마디로 입술을 누르고 왼팔을 배 위에 얹어놓은 채 생각에 잠겼다. 나는 아무런 목표도 계획도 없는 상태를 여전히 두려워하고 있다. 하지만 나의 손가락은 초조해하지 않는다. 지금도 내가 좌절하고 있다는 것은 의심할 여지가 없다. 아니, 지금까지 나의 마음과 영혼을 쏟은 박사학위 과정을 그만둘 셈인데 당연한 일이 아니겠는가. 하지만 그러기에는 타이어에 바람이 완전히 빠지지 않았다. 물론, 좋아서 빠져들 수 있는 일을 찾는 데에 여전히 실패한 것에 대하여 낙담하고 있다. 하지만 그 때문에 이를 악물거나 이를 갈지는 않는다.

'글렌, 그대로 가만히 있어봐. '

조금 전에 속으로 '괜찮아.'라고 말한 것이 떠올랐다. 그 마음의 소리는 엄마가 달래주는 다정한 목소리 같았다. 이 소리가 나의 어깨에 손을 얹고 속삭였다.

'괜찮아, 친구.'

과거에는 고통의 느낌을 결코 좋아하지 않았다. 그 누가 좋아할 것인가? 그러한 느낌이 마음에서 일어나면 수류탄을 던지듯 멀리 던져버리고 싶었다. 그것은 아주 짧은 순간에 벌어졌다. 이러한 감정에 대한 나의 판단은 너무도 미세하고 즉각적이어서 그곳에 무엇이 있었는지 그 순간에는 알지 못했다. 지금 생각해보면 그 순간에 두 겹의 고통이 있었다. 하나는 고통 그 자체였고, 다른 하나는 고통에 대한 나의 반응이었다. 여기까지 생각이 미치자 마음 속 자욱하던 안개가 거센 바람에 걷히는 것만 같았다.

어째서 이 말이 이토록 친숙한 걸까? 그러다 문득 '있는 그대로 바라봐야 실체를 보게 된다.'는 말이 떠올랐다. 동국대학교에 다니던 시절 대행스님의 책에서 수십 번은 들어봤던 내용이었다.

'내가 방금 경험한 것이 선사들이 말하던 그것인가?
글렌, 그렇다면 너는 이게 무슨 의미인지 아니?
그건 네가 못된 녀석이라는 거야.'

나는 항상 자신을 친절하고 배려심 많은 사람이라고 믿어왔다. 적어도 다른 사람에게는 그랬을 수도 있다. 하지만 나 자신에게는 친절하지 못했다. 나는 스스로에게 고통의 느낌을 일방적으로 금지하고 있었던 것이다. 스스로에 대하여 관대한 지도자이기보다는 자신의 고통을 내버려두지 않고 내쳐버리려고 하는 무자비한 독재자였다. 이렇게 고통을 혐오함으로써 나는 고통에 오히려 힘을 실어주고 있었다. 나는 실제 고통보다 더 무겁고 더 강한 감정으로 그 고통을 무장시켰던 것이다. 잠자는 사자를 건드리지 않기는 커녕 적대감을 가지고 쿡쿡 찔렀다. 그리하여 나의 내면에서는 프랑켄슈타인이 창조되고 있었다. 정확히는 불안, 좌절, 낙담이라는 세 놈의 프랑켄슈타인이 창조되고 있었던 것이다. 나는 즉각적이고 예민하게 반응하고 있었고, 감정이란 것을 매우 부정적으로 판단하고 있었으며, 그로 인해 좌절이나 불안, 낙담이라는 느낌이 커지도록 연료를 공급하고 있었다. 간단히 말하면 나는 나 자신을 더 불리하게 몰아가고 있었던 것이다.

이제야 머리 속이 제대로 돌아가고 있었다. '그래 그래.' 나의 감정을 판단한 순간은 원래대로라면 자연스럽게 감정이 흘러 들어오고 나갔어야 하는 곳을 둑으로 막아 쾅 내려놓는 순간이었다. 그들은 자유롭게 흐르고 활력이 넘치는 특성을 가지고 있는데 반해 나는 감정이 흐르는 길을 막고, 멈춰 세우고, 고정시켜서 활력을 잃게 만들었다. 한국말이 맞았다. 그것은 단지 '사랑'이어야 하는 거지 '내가' '너를' '사랑해'여서는 안 되는 것이었다. 갇혀버린 감정의 파도는 고인물과 마찬가지여서 그 안에서 곪고 썩어버렸다. 그렇다면 과거의 나는 감정에 대한 독재자이자 프랑켄슈타인 박사였고 댐 건설자였던 것이다.

입안이 건조해지는 것을 느꼈다. 나는 자리에서 일어나 부엌 수도꼭지에서 반 컵 정도의 물을 마셨다. 그리고는 거실 가죽 소파 끝에 놓은 수건 위에서 몸을 털뭉치처럼 복스럽게 말고 누워 있는 키티에게 다가갔다. 어디가 머리이고 어디가 꼬리인지 분간할 수 없었다. 나는 냥이의 등을 두어 번 부드럽게 쓰다듬었다. 키티는 부드럽게 응답했다. '가르르릉.' 그리고 책상으로 돌아와서 팔짱을 끼고 의자에 앉았다. 신나는 기분이기도 멍한 느낌이기도 했다. 가슴이 뻥 뚫려 시원했지만 너무 오랫동안 집중했기 때문에 몸은 녹초가 되어 있었다.

그로부터 1년 반이 지나면서 논문에 속도가 붙었다. 비록 자주 수정을 요구하기는 했지만 지도교수 피터는 논문 챕터들을 하나 둘씩 통과시켜주었으며 이제는 논문의 가장 핵심인 마지막 부분만 남아 있었다.

한편, 나와 같은 학부에 있는 동료들은 교수 채용과정이 1년 정도 소요되기 때문에 최소한 논문을 끝내기 1년 전에는 직장을 찾기 시작해야 한다고 충고했다. 나는 지원서를 준비하기 시작했다. 구글에서 교수나 강사직에 지원하기 위한 자기소개서와 이력서 쓰는 방법을 검색하고, 지원하는 대학에 피터에게 통과된 논문의 2~3개 챕터를 샘플로 선택하여 보냈다. 그리고 내가 교수나 강사직을 얻고 싶은 여러 지역에 대한 지리적 우선순위를 매겼다.

먼저 1순위는 캐나다 동해안 지역이었다. 여태 한 번도 캐나다 동해안 지역에 가본 적은 없지만 그곳은 목가적인 은닉처였다. 나는 동해안 지역 모든 대학교와 지방전문대학 그리고 모집공고를 내지 않은 곳에도 지원서를 냈다. 종교학, 동아시아학, 캐나다의 인종학 아니면 불교학 등 어느 분야든 나의 전문영역에 인접한 분야라면 강의할 준비가 되어 있었으며 의지도 있었다. 몇 달을 기다린 후에 연락이 온 데가 있었지만 강의가 취소되거나 다른 이유들로 불발이 되었다.

사실 나의 가장 큰 문제는 지금까지 어떤 학술지에도 논문을 기고한 적이 없었으며 대학에서 강의를 한 경험도 충분하지 않다는 것이었다. 나는 논문을 쓰는 데 에너지를 모두 쏟아 부었다. 규훈씨와 스티브를 비롯한 동료들은 어떻게 논문을 쓰면서 학술지에 기고를 하고 또 한 학기 동안 강의를 할 수 있었는지 이해할 수 없었다. 나는 다른 일이라도 하면서 강의 자리를 찾아보자는 마음으로 대학 이외에 노바스코샤에 있는 불교고등학교와 불교잡지사에도 서류를 넣었다. 아아, 없었다. 고등학교에는 자리가 없었으며 불교잡지에서는 거절당했다. 이것은 사람과 기관 사이의 짝사랑의 전형이었다. 안타까웠지만 내가 갈 곳이 아니라는 사실을 받아들이기 시작했다.

논문을 끝내고 얻은
평화

　　　　　　2013년 12월 20일, 드디어 오타와대학교의 흙을 밟은 지 6년 반만에 320페이지짜리 논문이 완성되었다. 피터 교수는 대학원 교학처에 논문을 제출하는 것을 허락했다. 드디어 최후의 순간이 오고 있었다.

　　오늘은 대학교가 겨울방학에 들어가기 전 논문을 제출할 수 있는 마지막 날이었다. 나는 12월 20일 12시 반에 대학교 캠퍼스에 도착했다. 영하 20도의 추위에 회색 구름이 내리 누르고 있는 하늘에서 눈발이 그치지 않고 흩날렸다.

　　모리셋 도서관으로 들어가자 몇 줄로 늘어서 있는 빈 의자들이 나를 반겼다. 간간이 복도를 돌아다니는 몇 명의 남학생들만 눈에 띄었다. 나는 1층에 있는 텅 빈 컴퓨터 책상들 중 하나로 가서 토트백을 내려놓고 컴퓨터에 USB 드라이브를 꽂았다. 아래층에 있는 출력센터에서 4부의 논문 인쇄를 맡기기 전에 잘못된 것이 있는지 마지막으로 점검하고 싶었다.

나는 숨을 크게 내 쉬었다. '아직도 내가 끝냈다는 것이 믿어지지 않아…'

나는 대충 훑어볼 요량으로 마우스 롤바를 재빠르게 움직였다. 몇 페이지를 넘길 때마다 수정해야 할 것이 보였다. 벽에 매달린 시계를 올려다보니 오후 3시 반이었다. 나는 파일을 저장한 USB 드라이브를 바지 주머니에 쑤셔 넣고 아래층에 있는 출력센터로 내려가 논문을 5부 인쇄했다.

"안녕하세요. '최종 논문' 파일을 5부 인쇄하려고 합니다."

나는 가쁜 숨을 돌리며 카운터 너머에 있는 사람에게 USB 드라이브를 건넸다. 혹시라도 문제가 있어 다음 학기까지 등록을 미룬다는 것은 말도 안 되는 얘기였다. 여태 가족들에게 '거의 다됐어.'라고 말한 것이 도대체 몇 번이었던가. 이제 더는 주변사람들에게 실망을 안겨서는 안 되었다.

논문을 인쇄한 뒤 대학원 교학처 사무실이 있는 건물에 도착했다. 앞쪽에서 두꺼운 사무실 문을 닫는 손이 보이자 나는 '안녕하세요! 봉주르!'라고 외쳤다.

"아, 안녕하세요."

짧은 은발의 숙녀가 문 뒤쪽에서 깜짝 놀란 얼굴로 미소를 지으며 고개를 내밀며 대답했다. 추위로 반쯤 굳어버린 입은 제대로 발음할 수 없었다.

"닫으려면 아직 몇 분 남아 있어요."

그녀의 조용한 말이 내 귓가에 맴돌면서 가슴 안쪽에서부터 따뜻한 온기가 느껴졌다.

"논문을 내려고 가져오신 건가요?"

"네 맞습니다. 어떻게 알았어요?"

"뭐…."

그녀는 미소를 띠며 대답했다.

"먼저, 축하한다고 해야 할 것 같은데요?"

"감사합니다."

나는 그녀를 따라 몇 계단을 내려가 사무실로 가서 책상 위에 논문을 내려놓았다.

'쿵' 소리가 메아리치면서 울렸다. 바로 그것이다.

그 소리는 삶의 열정을 찾았다는 소리였다. 가슴에서 흥얼거리는 소리를 들었기 때문에 알 수 있었다. 또한 코끝에서 떨어지는 촉촉한 눈송이의 상쾌함에서 향을 맡았기 때문에 알 수 있었다.

하지만 이 모든 감정을 느끼기에는 좀 아쉬운 결말이었으며 뭔가 아직은 시기상조라고 생각되었다. 박사과정은 내가 사랑하는 일이긴 커녕 하나의 직업이라고 볼 수도 없다. 아직 논문심사가 남아있으므로 공식적으로 학위를 받은 것도 아니고 학위는 대학 교수자리에 지원할 수 있는 권리를 부여하는 것일 뿐이었다.

이해할 수 있었다. 지나온 나의 삶은 살보다는 뼈가 더 많았기 때문에 아직 결말은 싱거울 수밖에 없다. 나의 열정은 큰일을 해냈다는 것, 그 사실 자체였다. 마라톤, 수영, 사이클의 격렬한 철인 삼종경기를 마치고 결승선을 넘어서는 과정이었다. 거대한 괴수와 오랜 시간 격투를 벌이고 최후까지 살아남은 성취감 같은 것이었다. 즉 공포, 불안, 인내, 의지, 수치라는 존재의 정서적인 근성을 모두 이겨낸 사람으로서의 끈기와, 숭고한 최종 대결 상대인 자신의 에고를 없애버리는 탄력성을 말하는 것이었다. 그러한 정신적인 힘이 요구되는 논문과정을 끝냄으로써 그동안 자유를 갈망해왔던 심장을 달래고 드디어 마음의 평화를 얻은 것이었다. 그것은 행복이 아니라 마음의 평화였다.

　집에 돌아가는 길에 자축하기 위해 러블러 마트에서 사과 과실주 몇 캔을 샀다. 스티브는 이미 고향인 프린스 에드워드 아일랜드의 집으로 돌아갔기 때문에 이번에는 혼자였다.

　"야옹!"

　집에 도착해 문을 열자 키티가 낑낑 거리면서 나를 반겼다.

　"키티야, 드디어 우리가 해냈어!"

　나는 몸을 굽혀 키티를 안고 뽀뽀를 하면서 말했다. 문을 닫자마자 키티는 꼬리를 세우고 부엌에 있는 자신의 밥그릇으로 향했다. 하루 종일 베이스보드 히터가 돌아가고 있었지만 통나무집은 추웠기 때문에 벽난로에 불을 피워야 했다. 나는 난로에 있는 잘 마른 두툼한 나무토막과 반쯤 태우다 남은 불쏘시개, 나무 조각과 그 아래 흩어져 있는 나무껍질을 살펴봤다. 그런데 신문지가 없었다. 너무 기분 좋은 나머지 오는 길에 편의점에 들러서 버려진 신문지들을 가져오는 것을 잊었다. 하지만 더 좋은 생각이 떠올랐다. 여분으로 뽑은 논문 사본을 태워버리는 것은 어때? 이렇게 하면 편의점에 다녀오느라 걸리는 10분이 절약될 뿐 아니라 적어도 인쇄된 논문은 이 세상에서 완전히 없애버리는 것이다. 아 시원해라.

나는 한손에 반쯤 마신 애플사이다 캔을 들고 나무가 타고 있는 벽난로 앞에 쪼그리고 앉아 논문에 찍혀진 검은 글씨들이 격정적인 불꽃에 서서히 먹혀 들어가는 것을 보았다. 중국선사 임제가 했던 말이 떠올랐다. 나름대로 바꿔 표현하자면, '문서를 가장 잘 사용하는 방법은 똥을 닦는 데 쓰는 것이다.'라고 할 수 있다. 나는 이 한 권의 논문이 6년 반의 고독과 지루했던 작업만을 대변하지 않는다는 것을 알고 있었다. 이 320페이지 안에 들어 있는 수만 자의 단어들은 지난 수년 간 삶의 목표를 성취하기 위해 겪었던 불안, 낙담, 좌절감 등으로 소용돌이치고 있었다.

다시
원점으로

"안녕, 글렌."

핸드폰 너머로 목소리가 들렸다. 나는 이 목소리가 누구인지 정확하게 알고 있었다. 명치가 울렁거렸다.

"헤이, 낸다. 어떻게 지내?"

"잘 지내."

낸다 르윈(Nanda Lwin)은 토론토에서 누나를 도와 우체국에서 일을 할 때 만났던 옛날 친구로 그는 우체국에서 우편함 하나를 대여했었다. 낸다는 버마와 필리핀 혈통의 아시아인 2세의 형제였는데 스티브와 비슷하게 태평하고 느긋한 성격이었다.

오타와에 사는 동안 낸다와는 꽤 자주 연락을 주고받았다. 하지만 지난 1년 동안 나는 그에게 질투심을 느꼈다. 그는 토론토의 세네카칼리지(Seneca College)의 토목공학과 종신교수로 강의한 지 벌써 10년이 되었다. 반면 나는 그보다 1살 어렸지만 1년 이상 거절을 당하며 여전히 구직 중이었다. 몇 달 전에서야 논문심사를 무사히 넘기고 공식적으로 박사학위를 취득했지만 이 경사는 일자리 관문이 얼마나 좁은지를 뼛속깊이 실감하도록 만들었다. 이제는 좀 더 실질적이고 현실적인 고민을 해야 할 시간이었다.

학위는 시작일 뿐이었다. 이제부터는 나보다 뛰어난 철학박사들이 주목을 받기 위해 경쟁하는 집단에서 견뎌내야 했다. 나는 침몰하는 타이타닉호에서 뗏목을 두고 구조될 만한 가치가 있는 수백 명의 승객들과 헤엄치고 있는 한 사람이었다. 내가 뗏목에 자리를 얻을 수 있는 기회는 오직 학술지에 논문을 내고 내고 또 내는 수밖에 없었으며, 그것도 별볼일 없는 논문은 받지도 않는 저명한 학술지에 내야만 인정을 받았다. 학술지에 논문을 내려면 최소한 1년은 걸렸고, 나는 그렇게 할 수 있을 만한 인내심도 힘도 남아 있지 않았다. 박사논문을 쓰는 것만으로 나는 완전히 녹초가 되어버렸다. 하지만 시간은 나를 봐주지 않았다. 나는 이미 42살이었고 시간은 날이 갈수록 더 쿵쿵거리며 걸어갔다.

"내가 세네카칼리지 홈페이지에서 구인란을 봤는데…"라고 낸다가 말했다.

"어어?"

"네가 지원할 수 있는 자리가 있는 것 같아."

나는 그다지 내키지 않았다. 아직도 캐나다 동해안 지역에서의 쓰라린 경험으로 상처가 남아 있었던 것이다. 더구나 최근에는 내가 현재 살고 있는 온타리오 주내의 대학과 칼리지에서 아무런 답변도 받지 못하고 있어서 이제는 더 이상의 지원이 의미가 없다는 생각이 들기 시작하던 참이었다.

"그래? 전공이 어떻게 되는데?"

나는 그에게 성의를 보여주기 위해 물었다. 전화기 너머로 키보드 타자를 치는 소리가 들렸다.

"여기에는 인류학이나 그와 관련된 박사학위가 있어야 한다고 했어."

"나는 인류학을 공부한 적이 없는걸."

"맞아, 그래도 한번 지원해 보는 게 좋을 것 같은데…."

낸다는 세네카칼리지 인문교양학부는 다른 대학교에 비해 교양과목들이 더 입문 수준이므로 나의 인문학 학위가 잘 맞을 수도 있을 것이라고 덧붙였다.

"그래? 하긴, 내 논문이 다학문 영역간 연구이긴 하지. 거기에는 인류학도 포함되어 있어."

"그리고 최소 3년간의 강의 경력도 필수조건이네."

그가 덧붙였다.

"3년이라고? 뭐, 토론토대학에서 가르친 것과 오타와 대학을 합하면 그렇게 볼 수도 있지만 좀 빠듯하기는 하지."

"어쨌든 한번 지원해봐. 손해 볼 것은 없잖아."

나는 '세네카칼리지 구인광고'를 검색하여 내용을 훑어보았다. 스크롤을 내려서 맨 아래까지 내려왔을 때 나의 의심은 적중했다.

"이거 봐, 내부 지원자 우선이라고 하네."

이런 나의 반응에 대해 낸다는 도전적으로 대답했다.

"응? 그래서? 그렇다고 외부 지원자를 뽑지 않는다는 뜻은 아니지. 다시 말하지만 손해 볼 것은 없어."

전화를 끊고 나서 나는 마지못해 '이력서'라고 쓰인 폴더를 열었다. 폴더 안에 워드파일과 PDF파일로 된 이력서와 자기소개서들이 눈을 공격했다. 나는 파일을 훑어보다가 가장 최근에 온타리오에 있는 다른 대학교에 보냈던 자기소개서와 이력서를 열고 세네카칼리지의 모집요강에 맞게 세부내용을 수정하였다. 이젠이 일에 싫증이 나있었지만 이번이 정말 마지막이라고 나를 타일렀다. '전송' 버튼을 누른 것은 새벽이 되기 전이었다. 나는 노트북을 닫고, 지원한 것에 대해서 깨끗이 잊고 잠자리에 들었다.

그로부터 2주 후 아침, 나는 커피가 담겨진 컵을 들고 모리셋으로 운전했다. 그날은 집이 아니라 공간이 넓고 편안한 학교에서 인터넷으로 일자리를 찾고 싶었기 때문이었다. 1층에 있는 컴퓨터 책상 중 하나에 앉아서 메일을 열었다. 그런데 세네카칼리지에서 보낸 이메일이 메일함에 들어 있었다. 심장이 요동치기 시작했다. 이전에 받았던 거절의 편지와는 다르다는 것을 예감했다. 통상적으로 거절의 답장은 시간을 오래 끌다가 보낸다는 점에서 이번 답장은 그보다 훨씬 빨랐기 때문이었다.

이메일을 클릭하니, 이게 웬일인가, 인문학부에서 면접을 보자는 메일을 보냈다. 나는 낸다와 스티브에게 좋은 소식을 전하는 전화를 걸기 위해 이메일에 '수락'을 클릭하자마자 컴퓨터를 끄고 밖으로 나갔다. 부모님이나 누이들에게는 연락하지 않았는데 그것은 만에 하나 취직이 되지 않을 수도 있는 가능성 때문이었다. 그들에게 몇 번째인지도 모르는 헛된 희망을 더 이상 안겨 주고 싶지 않았다. 게다가 면접을 보러오라는 것 뿐이었다.

이메일을 받은 다음 주에 45분 정도의 면접이 진행될 예정이었고, 그 중에는 내가 선택한 주제로 10분 정도 강의 시연을 해야 했다. 생각할 필요도 없었다. 나에게 편한 주제 하나를 선택한다면 그것은 캐나다에 있는 젊은 세대 한국인 불교신자의 수행에 한국 문화와 캐나다 문화가 어떤 영향을 끼치는지에 관한 것이었다. 문제는 300페이지 분량의 지루한 학술적인 문체를 10분 분량의 생생하고 흥미로운 이야기로 압축하는 것이었다. 옷장 속에서 먼지만 쌓여가고 있던 감청색 양복과 붉은색 넥타이를 꺼냈다. 나는 산 속 동굴에서 은둔자로서 지낼 날이 얼마 남지 않은 것을 알아채고 면도 준비를 하고 있는 현대의 원시인이 된 것 같은 기분이 들었다.

드디어 면접 날, 나는 토론토의 셰파드 지하철역에서 낸다를 만났다. 그는 여름휴가 중이었지만 거대한 세네카칼리지의 복잡한 계단과 복도를 지나 면접하는 방까지 나와 함께 가주겠다고 자청했다. 나는 낸다의 제안에 감사했다.

우리는 약속된 면접시간보다 1시간 전에 캠퍼스에 도착했다. 낸다는 칼리지 안을 돌며 간략하게 캠퍼스 내부를 소개해 주었다. 칼리지는 나에게는 오래전부터 익숙한 노스요크 북동쪽 주요간선 도로 교차로의 노른자위 땅에 자리 잡고 있었고 큰 규모의 캠퍼스였다. 건물 내부 메인 층에 있는 거대한 공동공간은 개방형으로 설계되어 있었고, 중앙의 천장은 2층과 3층까지 위쪽으로 뚫려 있었기 때문에 학교는 실제보다 더 크게 느껴졌다.

우리는 A빌딩 1층에 있는 면접실에 10분 일찍 도착했다. 잠시 기다리는 몇 분 동안 나는 넥타이를 몇 번이나 만지작거리며 바로잡았다. 그러다 문 옆에 있는 유리를 통해 면접실 안을 들여다보았다. 방안에 있는 프로젝터 스크린에는 나이가 많고 기품 있는 신사가 비춰지고 있었다. 다른 지원자는 스카이프(Skype) 영상으로 면접을 봤을 수도 있겠다고 생각했다.

낸다가 나를 돌아보았다.

"좀 떨리니?"

"응 약간…."

나는 두 손을 벨트 버클 위에 얹고 감정을 자제하면서 대답했다.

"하지만 괜찮아."

나는 웃으며 말했다. 지금 이 순간 나를 스쳐간 감정일 뿐, 흐르는 물을 붙잡을 수 없지 않는가.

"잘 할 거야."

그가 나를 안심시켰다.

"응. 고마워….".

그로부터 10분이 지나자 솜털처럼 가벼운 버섯구름 모양으로 머리를 손질한 키큰 금발의 중년 여성이 문을 열었다.

"기다리게 해서 죄송합니다. 들어오세요."

그녀가 명랑한 목소리로 말했다.

"네, 감사합니다."라고 대답하며 낸다를 쳐다봤다.

"본때를 보여줘."라고 그가 말했다.

나는 강의실 앞쪽으로 천천히 나가서 청중을 향해 몸을 돌리고 미소 지었다. 이 상황이 뭔가 아주 익숙했다. 이전에도 이런 일을 겪었었다. 서울대 신입생 오리엔테이션 또는 많은 사람들 앞에서 인사말이나 소감 한마디를 말해야 하는 한국에서의 모임, 아이들 앞에서 창피를 당하지 않으려고 애썼던 판소리 전수관이었을 수도 있다. 그런데 이번에는 600쌍의 눈동자가 고작 5명으로 줄어들어 있었다. 그리고 이번에는 임기응변으로 말하기보다는 지난 6년 반 동안 공들인 주제를 말하려 하고 있다. 웃고 있는 아이들이나 살아있는 문화재 앞에서 노래하는 대신 나에게는 익숙하지만 일반인에게는 생소할 수 있는 주제를 성인들 앞에서 말하려 하고 있었다. 어려웠던 한국어 대신 모국어 같은 영어로 말하려 하고 있었다. 한마디로 나는 겁나지 않았다.

문을 열었던 여성이 자리에 앉아서 자신이 사회자라고 소개하고 다른 면접관들을 소개했다.

"괜찮다면 보내드린 일정을 약간 변경해서 강의 시연을 먼저 했으면 좋겠습니다."

"네, 괜찮습니다."

이미 내가 가진 것을 보여주기 위한 만반의 준비가 되어있었기 때문에 순서는 중요하지 않았다.

"좋습니다. 그러면 이메일로 알려드린 것처럼 제가 타이머를 누르면 10분이 주어집니다."

나는 바로 강의로 들어갔다.

"여러분, 안녕하세요."

나는 습관대로 손바닥을 마주치며 말했다.

"바쁜 와중에도 시간을 내서 이곳에 와주신 여러분들에게 감사드립니다. 이메일에서 '원하는 주제를 선택하라'고 했기 때문에 내가 가장 잘 아는 것을 말해야겠다고 생각했고, 그것은 당연히 나의 논문 주제입니다…."

청중 몇 명이 미소 짓는 것을 보았다. 한 시간 동안 2개의 화이트보드 가득 삐뚤빼뚤한 선들을 긋고나서야 비로소 물 위를 걷는 것과 같은 기분으로 면접실을 나왔다. 이것은 틀림없이 내가 지금까지 해왔던 면접 중 최고의 면접이었다. 과거 그 어느 것에도 비할 데 없었다. 나는 분명하고, 자신있고, 유연하게 강의 시연을 했고 면접관들의 질문에 답했다. 아이폰 전원을 떨리는 손으로 켜고 낸다에게 전화를 하려고 할 때 내 마음에는 확신에 찬 생각이 스쳤다.

'그래, 합격했어.'

한 달 후, 핸드폰이 울릴 때 나는 뜨겁고 후덥지근한 오타와 시내에서 볼일을 보고 있었다. 전화를 건 사람은 세네카칼리지 인문교양학부장인 클래어 몬(Claire Moane)이었다.

"어디 좀 앉아서 이야기를 듣고 있나요?"

그녀의 다정한 목소리가 귓가에서 아름다운 선율로 떠다녔다.

"축하하려고 전화했어요, 당신에게~"

키티와의
이별

어느 날 아침 나는 세네카 칼리지에서 30분 정도 거리에 있는 토론토 북쪽 뉴마켓의 한 동물병원 응급실 대기실 의자에 팔짱을 끼고 앉아 있었다. 카운터 너머에는 직원 2명이 전화통화를 하고 있었고 한 모녀가 목줄을 한 밤색 골든 레트리버와 대기실 반대 쪽에서 인내심을 가지고 앉아 있었다. 개는 경계심이 가득한 시선으로 주변을 바라보고 있었다. 내 눈에 그 개는 건강과 행복을 상징하는 훌륭한 본보기였다.

나는 오른쪽에 놓여 있는 내 어린 친구 키티의 비어 있는 케이지를 보았다. 짙은 녹색 수건 더미가 반쯤 열려진 금속 문을 비집고 바닥으로 빠져나와 있었고, 오타와의 수의사가 제공한 낡은 플라스틱 이름표가 위에 매달려 있었다. 나는 머리를 기울여 이름표에 쓰인 이름을 읽었다. 거기에는 '키티 초이'라고 쓰여 있었다. 이십 분이 지난 후 뒤에 있는 회전문을 통해 하늘색 수술복을 입은 수의사가 나왔다. 그녀는 조용한 목소리로 인사했다.

"안녕하세요."

나는 일어서서 그녀와 악수를 했다.

"나는 다니엘라 슈무엘 수의사라고 합니다. 키티의 주인이시죠?"

"네. 그렇습니다."

"잠깐 앉을까요?"

나는 옆에 있는 키티의 케이지를 바닥에 내려놓았다.

"키티가 얼마동안 설사를 했는지 알려주겠어요?"

"음… 지금 거의 1주일이 되어가요."

"알겠습니다. 지금 심하게 복부가 팽창되어있어요. 그리고…."

"아, 네."

나는 그녀의 말을 막았다. 그녀가 '그리고'라는 말 뒤에 할 말을 듣고 싶지 않아서였다.

"보통 때보다는 좀 더 배가 불룩하다는 것은 알고 있었어요. 그게 몸무게가 늘어서라고 생각했었어요."

"안됐지만 상태가 좋지 않아요."

침묵.

"원인이 무엇인지 지금은 알 수 없어요. 더 진찰을 해봐야 해요. 암일 수도 있고 배 속에 뭔가 있을 수도 있지만 확실하지는 않아요. 그렇게 하자면 시간도 오래 걸리고 비용도 수천 불이 들어요. 수술을 해야 할 것 같은데 키티의 나이에는 그걸 견뎌낼 수 없을 수도 있습니다."

나는 입을 벌린 채 그 자리에 앉아 있었다.

"키티가 몇 살이라고 했죠?"

"지금 16살이에요."

나는 침을 삼켰다.

"키티는 지금 고통을 받고 있어요. 그동안 오래 행복하게 잘 살았어요. 그런데…."

나의 눈에 눈물이 고이더니 오른쪽 뺨을 타고 흘러 내렸다. 지난 몇 년간 두려워하고 있던 그 날이 무거운 벽돌이 떨어지는 것처럼 내게 왔다.

그녀의 눈에서도 눈물이 흐르고 있었다.

"이게 저희 직업에서 제게도 가장 힘든 일이에요. 휴지를 좀 드릴까요?"

그녀는 카운터에서 휴지 몇 장을 뽑아서 내게 건넸다.

슈무엘 수의사가 나에게 말을 하기 시작했지만 그녀의 목소리는 멀리서 울리는 메아리같이 허공을 맴돌고 있을 뿐이었다. 아무런 감각도 느낄 수 없었다. 가슴으로는 그녀의 말이 맞는다는 것을 알고 있었다. 이제는 키티를 보내줘야 할 시간이었다. 키티는 7살 때부터 과민성대장질환이 있어서 지역에 있는 동물병원을 수

도 없이 다녔다. 그 후로는 닭고기와 소고기를 거의 먹이지 않고
대신 오리와 사슴고기, 완두콩으로 된 처방식을 주었다. 가끔 연어
와 참치캔을 간식으로 주었는데 여러 번 차질을 겪었고 그때마다
스테로이드 약을 먹이곤 했다. 하지만 이번에는 훨씬 심각한 상태
였다. 키티는 그동안 고통을 충분히 겪었고 더이상 살리려는 노력
은 오히려 이기적일 수도 있었다.

　슈무엘 수의사는 담요에 둘러싸인 키티가 누워 있는 스테인
리스 테이블을 치료실로 가져다 놓고 나갔다. 식을 거행할 준비가
되면 의사를 불러야 했다. 키티는 평상시 잠을 잘 때처럼 오른쪽

다리에 턱을 기대고 편안하게 누워 있었다. 아마도 언제나 그렇듯 진료를 하러 온 것이라고 생각하고 있을 것이다. 키티는 아무것도 모르고 있었다. 나는 이번이 키티를 쓰다듬을 수 있는 마지막 기회라는 것을 알고 있었다. 나는 박사과정에 있을 때 외롭거나 슬플 때마다 네가 있어서 얼마나 고마웠는지, 얼마나 너를 사랑하는지 반복해서 말했다. 수의사는 15분쯤 지나서 주사기와 튜브를 들고 방으로 돌아왔다.

"아프지 않을 것입니다."

침묵.

"준비되었어요?"

그녀가 작은 목소리로 물었다. 나는 고개를 끄덕였다. 약물이 튜브를 타고 들어갈 때 나는 키티의 등과 머리를 쓰다듬으면서 귀에 대고 속삭였다.

"너는 너무 착한 아이였어. 알아? 너는 너무 좋은 아이였어…."

병원에서 집으로 돌아왔을 때 문 앞에서 나를 반기는 키티가 없었다. 7년 만에 처음이었지만 나에게는 평생 처음인 것처럼 느껴졌다. 나는 아파트 바닥 한 가운데 키티의 빈 케이지를 내려놓았다. 침대로 걸어가서 구석에 앉아 머리를 숙였다. 밝은 베이지색 카펫 바닥에 뭉쳐져 있는 키티의 흰색 털 뭉치가 보였다. 고개를 들어 방안을 둘러보았다. 전기난로 옆 TV케이블 선이 얼기 설기 휘감겨 있는 중앙은 키티가 좋아하는 잠자리였다. 부엌에는 반쯤 먹다 만 오리고기와 콩으로 만든 사료가 담긴 그릇과 오늘 아침에 갈아준 물이 있었다.

방안은 구름이 몰려와서 태양을 가린 것처럼 어두컴컴하였으며 죽음과 칙칙한 기운이 감돌았다. 먹먹한 침묵이 흐르고 황무지처럼 생기를 잃었다. 침묵만이 흘렀다. 그동안 내 인생에서 성취한 것, 배운 지식이나 통찰한 것, 남들로부터 인정 받은 만족감, 즐거움을 받은 시간들이 눈앞에서 연속적으로 흘러갔다가 꼭대기에서 바닥으로 곤두박질쳤다. 흐르는 눈물을 더 이상 참을 수 없었다. 삶과 죽음의 경계는 어떤 것일까.

모든 인연들에
감사하다

세네카 칼리지에서 강의를 시작한 첫 해 어느 저녁이었다. 내가 시험지 채점을 하고 있을 때 연구실 바깥에서 걸레질 하는 소리가 들렸다. 건물 청소를 하는 사람이 분명했다. 나는 펜을 내려놓고 화장실을 다녀오자는 신호로 삼았다. 문을 잠그고 복도 끝을 돌자마자 청소하는 사람과 마주쳤다. 그녀는 동아시아계의 젊은 여성 피나였다.

한참 전 홀푸드에서 일하던 때의 기억이 떠올라 피나와 짧은 대화를 나누고 사무실로 돌아왔다. 피나의 헝클어진 머리와 걸레를 쥐고 있는 손은 10년 전의 기억을 불러일으켰다. 일은 힘들었지만 활기차고 동료들과 농담을 나누었던 정겨운 시간들을 애틋한 마음으로 돌아보았다.

피나는 최근에 캐나다로 이민 왔다고 했다. 그녀가 쾌활한 표정을 짓고는 있지만 분명히 지금 하는 일이 정신적으로나 육체적으로 고되고 즐겁지 않을 것이라고 생각했다. 나는 외국에서 교육을 받고 이민 온 사람들이 다시 캐나다에서 인정하는 교육자격증을 받아야만 좋은 직장을 얻을 수 있다는 것을 잘 알고 있었다.

그러자 갑자기 오타와대학교에서 취득한 나의 학위가 고맙게 느껴졌다. 내가 한국에서 박사학위를 취득했다면 세네카칼리지에서 과연 나를 받아주었을까? 게다가 석사학위 논문을 영어로 쓰지 않았더라면 오타와대학교에서도 받아주지 않았을 것이다. 하나하나 되짚어보면 지금 현재의 성과는 우연과 필연이 촘촘히 결합된 허공의 집 같은 것이었다.

갑자기 나는 생각의 심연으로 빠져들기 시작했다. 먼저 부모님에 대해 생각했다. 우리집은 중산층이었기 때문에 부모님은 내가 한국에서 오랫동안 공부할 수 있도록 뒷바라지를 해 줄 수 있었고 그 기반으로 결국 캐나다에서 박사학위를 취득할 수 있었다. 박사학위가 없었다면 세네카칼리지에 원서를 접수할 수 있는 최소한의 자격조차 가지지 못했을 것이다.

부모님은 캐나다로 이민하면서 한국이라는 문화적 편안함에서 떠났으며, 오직 세 자녀가 경제적으로나 사회적으로나 보다 좋은 삶을 갖기를 바라는 마음으로 문화와 언어, 일 모두에서 어려움을 겪으면서 수십 년을 견뎌왔다. 그날 저녁 보았던 부모님의 눈가와 이마의 주름은 수십 년의 고통을 그대로 몸에 새겨놓은 것이었다. 내가 토론토로 돌아와서 살고 있는 것은 그들에게 더 감사할 수 있는 소중한 기회이자 그들에게 진 빚을 조금이나마 갚을 수 있는 시간이 주어진 것이었다. 부모님은 이제 70대이고 해가 거듭될수록 그 기회는 더 줄어들 것이다.

얼마 전 동네 중국식 뷔페식당에서 여동생 희재의 생일을 기념해서 모였던 날이 떠오른다. 내 동생 희재 남편 오라이온과 로빈 (희재의 시아버지), 로이와 나의 누이들이 속사포 같은 속도의 영어로 농담을 주고받는 것을 이해하려고 눈을 가늘게 뜨고 귀를 기울이고 있는 부모님의 이마와 눈가에 잡힌 주름이 보였다. 그들의 표정은 처음 서울대학교에서 지내던 몇 년 동안의 내 모습과 비슷해 보였다. 그들의 고통이 느껴졌다. 부모님은 속어와 문화적 용어라는 성가신 녀석들 덕분에 친목을 다질 수 없어서 소외감을 느끼고 있었다. 그들이 캐나다 사람을 만나거나 문화를 접한 것은 가게를 운영할 때 뿐이었는데, 거기서 나누는 대화라고는 '안녕하세요.', '세금 포함하여 1불 26센트입니다.' 아니면 '감사합니다. 안녕히 가세요.'가 거의 전부였다.

그러나 서울대학교를 다니던 첫 몇 년과는 달리 지금의 나는 이 상황을 해결할 수 있는 능력과 힘이 생겼다. 나는 즉시 한국어와 영어를 오가면서 통역을 했다. 마침내 부모님의 눈가와 이마의 주름이 환한 미소로 바뀌면서 그 순간 내가 한국에서 언어를 공부하며 보냈던 12년을 보상받는 기분이었다.

그리고 9살의 기언(Kian), 6살의 로리(Rory), 3살의 벤(Ben)이

라는 3명의 조카들을 생각했다. 그들에게 나는 더 이상 오타와에 살고 있는, 여름과 크리스마스 때가 되어야 한두 번 만날 수 있는 이름만 가족인 삼촌이 아니었다. 그들과 지내는 시간은 오히려 나에게 더 큰 즐거움이었다. 아이들을 자주 만난다는 것은 무상으로 치료를 받는 것과 같다. 그들의 천사 같은 미소, 얼려 먹는 쭈쭈바의 맛이 얼마나 좋은지와 같이 소소한 것들에 대한 그들의 열정을 생각했다. 또, 듣자마자 스폰지처럼 새로운 단어를 습득해 표현하는 그들을 생각했다. '안 돼. 글렌 삼촌, 내 말을 왜 잘 안 듣는 거야!' 세 살배기 벤은 어느 날 자기가 세심하게 만들어놓은 게임의 규칙을 내가 제대로 따라가지 못하자 이렇게 꾸짖었다. 치유의 시간은 조카와 보내는 시간만이 아니었다. 사촌인 존과 피터와는 술 한잔 하면서 하키를 하던 시절과 유도 수업을 떠올리고 회상에 잠기다가 웃기도 했다.

아, 그래. 오타와대학교의 학위도 고마운 일이었다. 피터 지도교수의 인내와 확신에 찬 지도가 없었다면 그 과정을 무사히 마치지 못했을지도 모른다. 학생 지도에는 시큰둥하면서 학생에게 부당한 것을 요구하는 부적절한 지도교수를 만난 대학원생이 결국 대학교나 지도교수 아니면 논문 주제를 바꾸게 되었다는 이야기를 많이 들어왔다. 내가 그런 지도교수를 만났다면 계속해 나갈 수 있는 불굴의 용기가 있었을까? 그렇지 않았을 것이다. 그 당시의 나는 감정적으로 유약했기 때문에 그런 지도교수를 만났더라면 나의 의지는 꺾이고 말았을 것이다.

이번에는 세네카칼리지로 생각을 돌렸다. 세네카칼리지에서 최근에 박사학위 소지자 대상으로 교수를 더 모집하라고 결정하지 않았다면 그 자리는 수많은 내부 석사학위 소지 지원자들 중 한 명으로 충원되었을 것이다. 그랬더라면 나는 이곳으로 면접 올 일도 없었을 것이다.

지금 강의하고 있는 수업에 대해서도 생각했다. 나는 오타와대학교에서 초청 강사나 조교로 강의하는 몇 년간은 살아있다는 느낌을 잊고 살았다. 그러나 세네카칼리지에서 첫 학기를 보내면서 그 감정이 다시 되살아났다. 교실에는 약 20~30명 정도의 학생이 있는데 오타와대학교에서 몇백 명을 대상으로 강의했던 것을 생각하면 엄청나게 줄어든 숫자였다. 하지만 내가 재미있어 하는 동양과 서양 두 가지 종류의 문화를 비교하는 주제들에 대해 강의할 때 나는 마이크도 필요 없었고 강의실 전체를 자유롭게 왔다갔다 할 수도 있었다. 그리고 학생들 한 명 한 명과 눈을 마주칠 수도 있었다. 내가 질문을 하면 많은 답변이 돌아왔고 학생들에게 농담을 던지고 함께 웃을 수도 있었다. 큰 대학교에서 강의를 했다면 과연 이런 소소한 즐거움을 경험할 수 있었을까.

나는 한때 친구 낸다를 질투했지만 얄궂게도 지금은 감사해 마지않는 동료 교수가 되었다. 세네카칼리지에 자리 잡을 수 있게 해준 데 대한 감사의 표시를 다하기 위해 오랜 시간이 필요하겠지만 나는 우선적으로 육즙이 가득한 스테이크를 저녁으로 몇 번이나 대접하였다.

나의 어린 시절 단짝 친구 바스가 있다. 12년이라는 오랜 시간 연락이 닿지 않았던 그와는 페이스북을 통해 다시 연락을 주고받았다. 그도 뉴욕에서 음악잡지 기자로 몇 년간 있다가 얼마전 토론토로 다시 돌아왔다. 그를 다시 만났을 때 그때까지 꼭꼭 숨겨두었던 기억들이 쏟아져 나왔다. 내가 얼마나 그를 보고 싶어했는지 나도 모른 채 살아왔던 것이다. 우리는 어린 시절의 기억을 따라 걸었다. 노던고등학교와 햄버거로 배를 채웠던 버거쉨 그리고 우리가 잘 가던 곳들을 돌아다녔다. 놀랍게도 버거쉨은 35년이 지난 지금도 영업을 하고 있었다. 그때의 우리는 세상을 다 알고 있다고 생각했으며 천진난만하고 순수하게 세상이 우리의 손바닥 안에 있다고 여겼었다. 물론 그때의 우리는 아무것도 몰랐지만 풋풋했던 그 시절을 지금도 애틋한 마음으로 돌이켜보게 된다.

오늘날 내가 좋아하는 공부를 계속 하면서 학생들을 가르칠 수 있게 된 것은 나의 개인능력 때문이 절대 아니었다. 나의 능력과는 상관없는 외부의 많은 요인들이 작용했다. 나는 많은 것을 시도했으며 그것들이 내 뜻대로 되지는 않았다. 내가 원하기는 했지만 내 뜻대로 되지 않은·것은 그것들이 아마 내게 필요한 것이 아니었기 때문일 것이다. 대행큰스님도 '세상은 눈에 보이지 않는 큰 뜻이 움직이고 있으니 어려울 때는 주인공에게 맡겨놓고 지켜보라.'고 이르지 않았는가.

내 삶의 전반부를 돌아보니 힘들 때마다 그것은 '나를 더 잘되게 하는 일'이었음을 알게 되었다. 그리고 이 경험의 힘은 소중한 인연들이 만들어준 것이었다. 지금 내가 이렇게 살아 숨쉬고 있다는 사실 하나만으로도 얼마나 신기하고 감사한 일인가. 바람 불면 바람 부는 대로, 꽃 피면 꽃 피는 대로 날마다 새롭지 않은가.

이제 나는 안다. 지금까지 내가 걸어왔던 길 그리고 앞으로 나를 찾아가는 여행은 감사와 사랑으로 충만한 자유의 길이라는 것을….